ÉCARLATES

Et autres histoires d'horreur

Charline Quarré

ÉCARLATES

Et autres histoires d'horreur

© 2022 Charline Quarré

Édition : BoD – Books on Demand,
12/14 rond-point des Champs-Élysées, 75008 Paris
Impression : BoD - Books on Demand, Norderstedt,
Allemagne

Illustration : krampus-1086080

ISBN : 978-2-3224-1111-5
Dépôt légal : Janvier 2022

SOMMAIRE

Itinéraire Bis	9
Écarlates	33
Démonstration	58
Le Chant des Baleines	111
La Fuite	171
Notes	202
Remerciements	205
Du Même Auteur	206

ITINÉRAIRE BIS

« Tu es sûre que tu ne veux pas plutôt reprendre la route demain matin ?
- Non, je dois vraiment partir ce soir, répondit Jess. Ne t'inquiète pas Papy, j'ai fait le trajet mille fois, ce n'est pas si long que ça, tu sais.
- Mais tu vas avoir des bouchons », argumenta la grand-mère de Jess afin que celle-ci finisse par fléchir et rester encore un soir de plus avec eux. Sans y mettre trop d'espoir cependant, car elle savait combien Jess pouvait être bornée.

« Tu risques d'arriver très tard à Mâcon, ajouta-t-elle, un brin machiavélique.
- Ce n'est pas bien grave, Jean m'attend à la maison de toute façon. Il m'a dit qu'il resterait éveillé quelle que soit l'heure à laquelle j'arrive. Et puis on a notre train demain pour Genève.
- Bon, alors file, mais ne va pas trop vite », fit sa grand-mère en lui appliquant deux baisers bien sonores sur les joues.

Jess lui promit d'être prudente et alla embrasser le crâne chauve de son grand-père planté devant le coffre de sa voiture.

« À bientôt mon petit Papy chéri.
- Tu reviens quand ?
- Je ne sais pas encore. Dès que j'ai quelques jours de libres.
- Bon, d'accord. »

Jess eut pitié. Chaque fois qu'elle venait passer des vacances chez ses grands-parents, ils ne voulaient plus la laisser repartir, ils s'arrangeaient toujours pour essayer de gratter un jour ou deux de plus avec elle. Alors quand ses responsabilités ou sa vie d'adulte l'obligeaient à les quitter, c'était toujours la même culpabilité qui l'étreignait, la même impression d'être un monstre dépourvu de sentiments. « Il faut bien que je rentre un jour », devait-elle leur répéter à chaque départ.

« Il faut bien que je rentre un jour », dit-elle en plissant les yeux à cause d'un rayon de soleil surgi d'un buisson.

La petite Fiat rouge de Jess s'éloignait sur le chemin de graviers tandis que ses grands-parents agitaient leurs mains depuis le perron de la vieille maison de pierre. Des adieux déchirants auxquels Jess répondait d'une main par la fenêtre jusqu'à ce que sa voiture disparaisse du champ de vision de ses aïeux. Comme à chaque fois, il fallait agiter la main jusqu'au bout. Cela faisait partie des règles non écrites auxquelles tout manquement délibéré aurait été considéré comme un outrage.

Quelques minutes plus tard, elle jeta un dernier regard sur Roussillon dans le rétroviseur. Le soleil déclinait sur la grande montagne rouge qui disparut dans un virage.

***

La nuit était déjà tombée sur l'autoroute lorsque Jess fut à l'approche de Valence. À une centaine de mètres devant elle, le traffic semblait s'atténuer. Un panneau temporaire annonçait un accident trois kilomètres plus loin. « Merde », souffla-t-elle en appuyant sur la pédale de frein. C'était déjà le troisième ralentissement depuis qu'elle avait pris la route. Elle aurait déjà dû avoir dépassé Lyon depuis longtemps.

Elle activa le mode mains libres de son téléphone et la tonalité se répandit dans l'habitacle. Jean répondit en bâillant.

« T'en es où ?
- Valence.
- Seulement ?!
- Ne m'en parle pas... J'aurais jamais dû partir si tard.
- T'en es même pas à la moitié, t'es pas arrivée avant une heure du matin.
- Oui, et encore, si tout va bien.
- Bon c'est pas grave, je t'attends.
- D'accord. Je t'appelle si je prends encore du retard.
- Ça marche. À tout à l'heure mon cœur.
- À tout à l'heure. »

Elle tapota nerveusement des doigts sur le volant quelques secondes avant de décider que ce geste d'impatience n'aurait de toute façon aucun effet sur la fluidité de la circulation. Elle prit donc son mal en patience et alluma la radio. Elle fit défiler les stations jusqu'à tomber sur le morceau en vogue de l'été qu'elle fredonna en appuyant enfin sur l'accélérateur.

***

Lorsqu'un nouvel embouteillage coupa l'élan de sa Fiat à une cinquantaine de kilomètres de Lyon, elle téléphona de nouveau à son fiancé, tapota sur le volant, haussa le volume de la radio et soupira. Puis elle entama le sandwich que sa grand-mère lui avait confectionné et déposé sur le siège passager avec une part de flan aux cerises et une bouteille d'eau.

***

Jess se détendit enfin en entrant dans Lyon. Contrairement à ce qu'elle avait craint, la circulation sur les voies longeant le Rhône était parfaitement fluide.

« Bon sang ! » s'exclama-t-elle en apercevant qu'un segment de la route était barré. Elle s'écarta de la voie, modéra son allure et activa son GPS pour regagner la route menant au tunnel de Fourvière. Les autres véhicules contournaient l'obstacle avec assurance. Mais Jess dut ralentir car elle ne connaissait que ce trajet depuis toujours, et par cœur. Elle aurait pu le traverser les yeux bandés. Alors devoir le contourner pour la première fois en trente ans d'existence était assez perturbant.

Après quelques feux rouges et un peu d'anxiété, elle regagna finalement l'autoroute un kilomètre plus loin.

« Ça va aller maintenant », pensa-t-elle tout haut.

Il était déjà minuit. Elle n'avait plus qu'à passer ce foutu tunnel de Fourvière pour sortir de Lyon, puis rouler encore une petite centaine de kilomètres. Ensuite, elle franchirait le portail du parc et Jean l'attendrait ensommeillé sur le perron.

Lorsqu'elle approcha de la structure de pierre vertigineuse et ses grandes entrées obscures dans lesquelles elle comptait s'engouffrer confortablement, Jess accéléra, pleine de confiance. Jusqu'à ce qu'elle aperçoive le bandeau rayé rouge et blanc condamnant l'entrée du tunnel. « TUNNEL FERMÉ » indiquait un panneau provisoire.

« Non mais c'est une blague !!!
- Maintenant, allez tout droit, ordonna la voix masculine du GPS.

– Tu vois bien que je peux pas, gros con ! s'énerva Jess.
– Maintenant, allez tout droit », répéta-t-il.

Il allait falloir contourner le tunnel et elle ne savait pas par où. Elle ne l'avait jamais fait. Il était évident qu'elle pourrait rattraper l'autoroute plus loin, mais elle ne connaissait pas le chemin. Elle était surtout consciente de son sens de l'orientation déplorable. Cette histoire allait encore rallonger son trajet pour une durée indéterminée. Et le GPS persistait à lui suggérer de s'engager sous le tunnel fermé.

Elle s'écarta et s'arrêta sur le quai désert qui faisait l'angle. Malgré l'absence d'indications sur l'itinéraire de remplacement, toutes les voitures se lançaient sans hésitation sur la route qui s'élevait au-dessus du tunnel.

« C'est forcément par là qu'il faut passer. »

Jess était déstabilisée. Il allait pourtant falloir qu'elle prenne le risque de se tromper, elle n'allait pas camper ici. Elle se décidait à redémarrer quand elle vit arriver un véhicule de Police qui patrouillait mollement dans le sens inverse. C'était trop beau pour être vrai. Ravie, elle baissa sa vitre et leur adressa un grand geste du bras. Les flics s'arrêtèrent à son niveau et la renseignèrent avec tout le zèle que leurs fonctions le leur permettaient. Parce que Jess faisait partie de ces femmes dont on porte les valises sans qu'elles le demandent, à qui on n'a jamais le cœur à mettre une amende pour stationnement gênant, pour qui l'on trouve toujours une table dans un restaurant complet. Le genre de femmes pour qui les hommes se surpassent et qui les intimident assez pour qu'ils n'osent rien demander en retour. Et par conséquent, le genre de femmes que les autres femmes détestent.

Les fonctionnaires lui confirmèrent que la départementale qui montait était le seul itinéraire permettant de regagner l'autoroute un peu plus loin et que le chemin était bien indiqué. Mais Jess ne s'en satisfit pas. Elle avait une idée en tête et savait bien qu'en minaudant un peu, elle ferait fondre les trois policiers. Elle prit ainsi son air de biche apeurée, expliquant qu'elle avait peur de se perdre, qu'elle n'était pas du coin. Lorsque les policiers lui proposèrent de l'escorter, un appel d'urgence radio surgit de leur habitacle. Ils furent contraints de la laisser se débrouiller seule. Jess les remercia quand même et redémarra fortement déçue.

Elle s'engagea dans la route qui montait en spirale au-dessus du tunnel. « Faites demi-tour. Faites demi-tour. Faites demi-tour, demandait le GPS.
- Ta gueule », lui répondit Jess.
De toute façon, une fois en haut, le GPS recalculerait l'itinéraire automatiquement.
La montée était raide. Elle suivit les virages étroits éclairés par les lampadaires qui se succédaient comme des boucles interminables. « Faites demi-tour », persistait le GPS tandis que la Fiat franchissait le sommet.
Arrivée au carrefour, Jess hésita. Aucun panneau n'indiquait l'autoroute. Quelques conducteurs, sûrs de leur trajectoire, filaient devant elle. La camionnette derrière Jess klaxonna avec insistance. Jess sursauta et décida de prendre l'artère de droite. Son désespoir dû à la certitude qu'elle allait se perdre fut de courte de durée lorsqu'elle aperçut une petite station-service encore éclairée au bout de la rue. Elle allait pouvoir demander son chemin.

« Faites demi-tour, faites demi-tour, faites... »

Jess fit taire le GPS en coupant le contact et sortit sur le parking de la station. Les clés en main, elle s'approcha du local éclairé aux néons qui donnaient aux rayons de marchandises des airs de clinique. Malgré l'éclairage aveuglant, le rideau de fer de la boutique était baissé. Jess ne se découragea pas car deux employés portant le gilet rouge de la compagnie d'essence bavardaient derrière la caisse. Un grand jeune homme encore en proie aux ravages de l'acné écoutait sa collègue coiffée d'une épaisse queue de cheval. En parlant, elle agitait ses mains aux doigts courts et boudinés par une dizaine de bagues de pacotille.

Jess frappa au carreau. Ils poursuivirent leur conversation sans la remarquer. Elle aplatit une seconde fois la paume de sa main contre la vitre. Les deux jeunes gens levèrent la tête et l'aperçurent.

« Bonsoir ! cria Jess. Excusez-moi ! Je voudrais juste un renseignement ! »

Aucun des deux employés n'entama le moindre mouvement. Ils se contentèrent de contempler Jess avec de grands yeux inexpressifs. Jess pensa qu'ils avaient besoin de quelques secondes pour que l'information leur monte au cerveau, qu'ils ne devaient juste pas être bien dégourdis. Elle frappa à nouveau la paroi de verre.

« S'il vous plaît ! » insista-t-elle sur un ton qui tenait plus de l'ordre que de la politesse.

Sans bouger ni quitter Jess des yeux, la fille murmura quelques mots à son collègue qui pencha légèrement l'oreille vers elle. Il lui répondit en hochant la tête d'un air entendu. Tous deux fixaient à présent Jess d'un regard hostile, figés dans une immobilité déconcertante.

« C'est pas vrai mais quelle bande de nouilles » grogna Jess entre ses dents avant de se lancer à nouveau dans une dernière tentative.

Mais elle ne frappa pas sur la vitre. Elle venait d'entendre quelque chose qui ne lui plaisait pas. Un petit rire masculin et sournois dans son dos. Elle se retourna rapidement. Cela venait du fond du parking. Assis sur le capot d'une voiture, trois hommes d'une quarantaine d'années la reluquaient depuis la semi-obscurité. Jess distingua leurs cheveux longs et très probablement gras, leurs jeans déchirés, leurs tee-shirts à tête de mort. Le plus grand leva la canette de bière qu'il tenait dans la main.

« Viens un peu par ici ma petite qu'on t'examine de plus près », s'exclama-t-il d'une voix rauque et abîmée.

Et Jess prit brutalement conscience du fait qu'elle n'était vêtue que d'un mini short en jean et d'un chemisier blanc presque transparent noué au-dessus du nombril, et perchée sur de vertigineuses sandales compensées. Ses vêtements les plus couvrants se trouvaient dans sa valise qui elle-même se trouvait dans le coffre.

« T'as entendu, amène ton cul par là salope ! », éructa l'un de ses acolytes en se levant. Il entreprit de marcher en claudiquant dans sa direction. Jess courut jusqu'à sa voiture rouge qui achevait de lui donner cet air de pin-up qu'elle regrettait soudain amèrement. Les néons de la boutique s'éteignirent. Par un geste nerveux et imprécis, Jess fit tomber son trousseau de clés devant la portière de la Fiat. Elle s'accroupit et tâtonna sur le bitume tandis que l'homme ivre s'approchait. L'un de ses compagnons se levait au fond du parking pour les rejoindre. Et il marchait beaucoup plus vite.

« Merde merde merde... » murmura Jess d'une voix tremblante.

Son auriculaire s'accrocha au porte-clés.

« On est des gentils garçons ma belle, dit le type qui dépassa son ami alcoolisé, on veut juste faire connaissance. T'es plutôt bien gaulée en plus. »

Il fit un pas de plus. Jess se redressa. Il se trouvait à moins d'un mètre d'elle. En quelques secondes, elle déverrouilla la portière et se jeta sur le siège conducteur. Elle mit le contact en tremblant et bloqua les portes à l'instant où l'homme tentait d'ouvrir sa portière. Jess eut un petit cri étouffé. Le type insista, en tirant une nouvelle fois sur la poignée. Elle n'eut pas le temps de réfléchir, elle démarra en trombe et lança sa voiture hors du parking sans chercher à choisir une direction. En s'éloignant, elle vit dans son rétroviseur les trois hommes du parking courir vainement en sa direction.

Ils disparurent du reflet lorsqu'elle eut roulé une vingtaine de mètres sur la chaussée.

Les mains crispées au volant, elle avala l'air à grandes gorgées comme si elle avait cessé de respirer tout le temps qu'avait duré cette mésaventure à la station-service. Elle continua tout droit sur une voie rapide et attendit que son rythme cardiaque reprenne une allure acceptable.

Au bout d'une centaine de mètres le long de cette route rectiligne, elle se décida à remettre le GPS en marche.

« Faites demi-tour, reprit la voix.
- Oh c'est pas vrai !
- Faites demi-tour.
- Remets-toi à jour bon sang, rugit-elle en frappant brièvement l'écran.
- Maintenant, faites demi-tour. »

Jess ralentit. Elle allait devoir s'arrêter quelque part pour reprendre ses esprits et trouver une solution. Une Clio noire la dépassa. Jess l'observa distraitement, jalousant son allure assurée. Ce faisant, elle constata que la voiture était immatriculée 71. Le même département qu'elle.

Il y avait une chance sur deux qu'il s'agisse d'un voyageur lui aussi contraint de contourner le tunnel pour rentrer chez lui. Elle ne réfléchit pas plus et décida de suivre cette voiture.

Jess lança sa Fiat derrière la Clio au mépris des distances de sécurité réglementaires. Son conducteur devait sans doute se demander pourquoi elle le collait ainsi sachant qu'il n'y avait qu'eux sur la route. Les voies semblaient partout étrangement désertes. Jess pensait à tout cela tandis qu'elle suivait le véhicule dans une longue descente longeant un mur haut d'une dizaine de mètres sur la gauche, et ce qui ressemblait à une voie de chemin de fer sur la droite.

Pendant tout ce temps, le GPS la somma de revenir sur son chemin.

Au bout de quelques avenues droites et désertes bordées de blocs d'immeubles austères, la Clio s'engagea dans un tournant étroit et disparut à l'angle. Jess paniqua à l'idée de perdre son éclaireur de vue et enfonça l'accélérateur. Une fraction de seconde plus tard, elle retrouva la Clio arrêtée le long d'une rue étroite, à peine éclairée, dont on ne distinguait pas l'issue dans l'obscurité. Jess pila pour s'arrêter derrière. Le conducteur devant elle devait finalement être aussi perdu qu'elle et était sans doute en train de rechercher son chemin sur une carte puisque le contact était encore allumé. Elle hésita à sortir lui parler mais y renonça au moment de détacher sa ceinture de sécurité. Elle fit d'ailleurs ce geste dans le vide et s'aperçut qu'elle venait de rouler sans ceinture. Sortir de la voiture pour aller accoster un inconnu était imprudent. L'épisode de la station-service lui avait déjà valu une belle frayeur. Elle pourrait tomber sur un individu bien pire que ces trois énergumènes réunis. Mais l'impatience l'emporta sur la raison. Elle descendit de sa voiture. Elle trembla légèrement. L'air s'était considérablement refroidi. Elle parcourut les quelques mètres qui la séparaient de la Clio en frissonnant, épaules voutées et se frictionnant les bras. Elle approcha prudemment de la vitre conducteur, se pencha et retint son souffle.

Il n'y avait personne dans la voiture.

Ahurie et glacée, Jess scruta l'intérieur de la Clio. Les clés se trouvaient bien sur le contact. Sur le siège passager gisaient pêle-mêle une carte routière, une casquette, une paire de lunettes de soleil et un paquet de petits beurres entamé. Sur la banquette arrière était étalée une couverture à carreaux écossais rouge et noire incrustée de longs poils blonds et drus et, logée dans ses plis, une petite balle en plastique jaune mâchonnée et maculée de bave luisante. À l'arrière aurait sans doute dû se trouver un Labrador. Mais la banquette était vide. Le temps que Jess tourne à l'angle et se gare, jamais le conducteur n'aurait eu le temps de s'extraire de sa voiture. Et bordel, encore moins de disparaître !

Jess poursuivit sa contemplation stérile de la voiture vide, tellement perplexe qu'elle en oubliait sa propre situation, et le fait qu'elle n'avait aucune idée d'où elle se trouvait en cet instant. Ni lors des dernières quinze minutes qui venaient de s'écouler. Elle se redressa douloureusement. Elle s'était penchée trop longtemps et son dos le lui faisait sentir. Le froid la mordit à nouveau. Elle regagna sa voiture à regret et verrouilla ses portes une fois à l'intérieur. Tout en surveillant la Clio d'un œil dans l'espoir de voir réapparaître son conducteur, elle saisit son téléphone pour appeler Jean et lui annoncer qu'elle était perdue. Là d'où il se trouvait, dans le confort de leur maison, il ne pourrait lui être d'aucune aide, mais il pourrait au moins lui donner quelques conseils. Mais surtout, entendre la voix de Jean allait la rassurer.

La tonalité ne venait pas. Jess raccrocha et réessaya. Nouvel échec. Elle interrogea du regard l'écran de son téléphone : "aucune couverture réseau", annonçait-il.

Ce fut à partir de ce moment que Jess se déclara, sans savoir vraiment à quel point, officiellement dans la merde.

**

Jess roulait au pas depuis cinq minutes, longeant de petites rues où s'étalaient de fines couches de brouillard. Elle circulait le long d'amples parkings au pied de longues barres d'immeubles et n'avait encore croisé personne. Les seuls véhicules qu'elle apercevait dormaient sur les parkings.

Elle ne s'était décidée à s'écarter de la Clio vide que parce qu'après avoir essayé plusieurs fois d'éteindre et de rallumer son portable en vain pour trouver du réseau, elle s'était ensuite acharnée sur le GPS qui semblait enfin avoir retrouvé la raison en lui indiquant un chemin différent. Elle avait essayé de dézoomer la carte numérique afin de mieux comprendre où elle se situait. Le GPS s'était brutalement éteint à ce moment-là. Elle avait dû le rallumer et entrer à nouveau l'adresse de sa propriété dans la campagne mâconnaise. Fort heureusement pour ses nerfs, le GPS lui redonna vocalement les mêmes instructions, et elle vit se tracer le même trajet bleu à effectuer sur les deux prochaines intersections. À ce stade-là, Jess avait presque ressenti de la joie et avait ainsi abandonné l'idée d'élargir la carte pour faire confiance à l'ordinateur. Il la guidait progressivement.

***

« Maintenant, tournez à droite. »

Jess obéit. Elle avait depuis quelques secondes l'impression frustrante de tourner en rond sans en avoir la parfaite certitude. Le paysage n'avait pas évolué depuis qu'elle avait redémarré. Des barres d'immeubles et des parkings. Des barres d'immeubles et des parkings.

« À vingt-cinq mètres, préparez-vous à tourner à droite. »

Jess activa son clignotant droit par réflexe car elle n'avait personne à avertir de sa direction.

« Maintenant, tournez à droite. »

Elle s'exécuta et s'enfonça dans une rue étroite et lugubre que longeait un grillage qui devait délimiter un stade, ou un entrepôt, Jess n'en savait rien, il faisait trop sombre. La chaussée se réduisait à mesure qu'elle avançait. La Fiat peinait à passer et sursauta sur un nid de poule.

« Continuez tout droit. »

Mais il ne pouvait rien y avoir, tout droit, et certainement pas une autoroute. C'était une rue désaffecté, seul Dieu savait si elle ne se terminait pas en cul-de-sac. Jess jura entre ses lèvres. Elle commençait à perdre patience. Elle aperçut une rue un peu plus large et éclairée sur sa gauche et désobéit au système de navigation avec un soupir de soulagement. Paradoxalement, elle retint des larmes de rage. Elle allait devoir y aller à l'instinct. Et sans doute se perdre à nouveau.

« Tournez à droite.
- Ça, tu peux courir, mon gars... », répondit Jess en tournant à gauche dans une rue encore plus large.

« Tu me racontes des salades, je vais le faire à ma sauce. »

Elle pensait en effet que plus les voies seraient larges, plus il y aurait de chances qu'elles la mènent à une autoroute. Elle en était là.

« Tournez à droite. »

Jess ignora l'injonction et prit de l'élan sur la voie. Le GPS lui portait sur les nerfs.

« Tournez à droite. Tournez à droite. Tournez à droite. »

Et soudain, la voix masculine de l'ordinateur rugit dans la voiture :

« TOURNE À DROITE POUFFIASSE !!! »

Effrayée, Jess fit une embardée et fit piler la voiture en bordure d'un parking. Le souffle coupé de terreur, elle tapa sur les commandes pour faire taire le GPS. Il n'y eut plus rien sauf le grésillement de parasites de l'autoradio. Et les sanglots de Jess qui venaient d'éclater.

***

Jess pleurait la tête dans les mains, les coudes sur le volant. Sans faire taire ses pleurs, elle saisit son téléphone. Toujours aucun réseau. Elle couina et deux grosses larmes tièdes vinrent s'écraser sur ses cuisses. Elle eut un hoquet, renifla et tendit le bras vers la boîte à gants pour attraper un paquet de mouchoirs. Elle se raidit d'un coup.

Il y avait quelqu'un sur le parking.

À une cinquantaine de mètres de la Fiat, une silhouette massive se tenait debout au pied d'un immeuble. Immobile, à moitié plongé dans l'ombre, l'homme -c'était forcément un homme - se tenait immobile et tourné en sa direction. Il la regardait. Jess réfléchit rapidement. Avant de l'interpeller, elle desserra le frein à main et laissa son pied gauche en suspend au-dessus de l'accélérateur, prête à l'enfoncer en urgence si l'individu à qui elle allait demander son chemin lui paraissait louche. Elle prit trois brèves inspirations et appuya sur la commande pour baisser la vitre côté passager. Une odeur âcre s'engouffra dans la voiture. Une odeur écoeurante de décomposition. Les poubelles du parking devaient être pleines. Jess s'en moquait : elle se pencha, tendit le bras et fit un grand signe inconfortable.

« Excusez-moi ! » cria-t-elle d'un filet de voix affaibli par les larmes et l'anxiété.

La silhouette ne fit pas mine de bouger. Jess s'éclaircit la gorge.

« Bonsoir ! Désolée de vous déranger : vous pourriez me renseigner s'il vous plaît ? Je cherche mon chemin ! »

Jess attendit. Pas de réaction.

« Encore un champion... », grogna-t-elle.

Elle fit un nouveau geste. Dans le vide.

« Il se fout de ma gueule celui-là aussi putain mais c'est la totale ! »

Elle allait klaxonner. Mais l'homme avança. Jess essuyait ses yeux. La fraction de seconde où elle ne l'avait pas vu, elle trouvait que le personnage avait énormément avancé sur le parking. Il avait franchi la moitié de la distance qui les séparait. Comme s'il n'avait ni marché, ni couru, mais comme s'il avait été *déplacé*. La seconde suivante, il se trouvait à dix mètres. Jess écarquilla les yeux. Elle n'avait pas vu ses jambes bouger. Elles restaient raides, collées l'une à l'autre dans un pantalon de toile beige. Il avançait comme ça, par à-coups. Une démarche irréelle qui avait quelque chose de malsain. Depuis l'intérieur de la voiture, Jess ne pouvait pas encore voir son visage. Elle distinguait à présent un blouson rouge, porté par des épaules à la carrure impressionnante. Elle avait visiblement affaire à un fanatique de musculation, ou un sportif de haut niveau. Un nouvel à-coup. L'homme était à cinq mètres de la Fiat. Jess baissa la tête afin de voir son visage. Si elle ne comprit pas tout de suite ce qu'elle vit, sa bouche s'ouvrit et se figea en un cri muet de stupéfaction.

L'homme portait un masque. C'est ce qui paralysa Jess d'incrédulité. Quelle idée de porter un masque tard dans la nuit sur un parking désert ? Sa tenue vestimentaire n'avait pourtant rien qui laissait présager le moindre déguisement. Pas plus que son mètre quatre-vingt-dix et son imposante stature. Ce masque n'avait aucune cohérence. Cela ressemblait à une tête de bœuf, mais qui avait quelque chose d'humain en même temps, si l'on exceptait les deux cornes, le museau et la large mâchoire. L'artifice était redoutablement réaliste. Ce n'était pas un vulgaire moulage en silicone, c'était bien plus abouti que ça.

« Mais mon Dieu, qu'est-ce que c'est que ça... », s'interrogea Jess durant cette interminable seconde de perplexité.

Lorsque l'homme sourit devant son air ahuri, lorsque le museau bougea, Jess comprit quelque chose qui mit son cœur sur la voie de l'explosion. Ce n'était pas un foutu masque. C'était *réel*. La créature ricanait en la fixant de ses yeux bovins et amusés. Il y avait une note salace, dans son rire rauque. Ravi d'effrayer Jess, il s'approcha encore de la Fiat dans une nouvelle saccade, et fit apparaître son visage effrayant dans l'encadrement de la vitre ouverte. Jess poussa un cri suraigu et écrasa la pédale d'accélération.

Elle lança sa voiture à toute vitesse sur la chaussée en suffoquant de terreur. Ses mains moites glissaient sur le volant qui faillit lui échapper. La puanteur de l'extérieur imprégnait les tissus de l'habitacle. La vue encore brouillée par les larmes, Jess surveillait le rétroviseur dans lequel la silhouette de l'homme taureau rétrécissait jusqu'à disparaître. Le grésillement de l'autoradio se mit à s'emballer, passant de station en station, n'émettant que de brèves séries de parasites. Entre deux grésillements, Jess entendait comme des bribes de rires suivies de gémissements de douleur portés par les enceintes. Au point de panique où elle en était, elle n'éteignit pas la radio et continua de prendre la vitesse.

Plus loin devant elle, alors que l'autoradio émettait une longue plainte, une fenêtre s'éclaira au denier étage d'un immeuble du boulevard que Jess traversait. En arrivant à son niveau, une silhouette apparut dans l'encadrement de cette fenêtre. Une silhouette avec des cornes. Un autre bœuf. Jess atteignit les cent vingt kilomètres heure.

Jess fonça en s'efforçant de prendre de grandes inspirations. Elle sortit du paysage urbain désaffecté et dévala une descente vierge d'immeubles, juste prise en étau entre deux murs immenses. La radio grésillait. Les gémissements disparaissaient et revenaient au milieu des parasites. Des voix masculines, féminines. Et parfois les deux en même temps. De longs râles implorants. Et des rires perçants au milieu. Puis des parasites. Et un rire d'ogre explosa dans les enceintes. Un rire dément auquel Jess fit écho par ses cris de panique. Elle zigzaguait sur le ruban de goudron. À cause des larmes, de la peur, du bruit. Et de cette route entre deux murs qui n'en finissait pas.

Elle reprit le contrôle de sa trajectoire. Elle n'y voyait qu'avec ses phares ; les nombreux lampadaires qui bordaient la route étaient éteints. L'autoradio continuait à rire et à geindre, Jess continuait de suffoquer.

Et les lampadaires s'allumèrent un par un, juste avant le passage de la Fiat, comme pour la guider. Une haie d'honneur sous forme de grands poteaux aux lanternes blafardes. De grands poteaux, aux sommets desquels pendaient des formes. Jess leva les yeux vers ces éléments inhabituels. Quand elle comprit, elle se mordit le poing et manqua de foncer dans le mur. Des cadavres d'hommes pendus. Chaque lampadaire en portait un comme un trophée. Les victimes oscillaient au gré des cordes, se balançaient, tournaient sur elles-mêmes au bout de leurs liens en une danse morbide.

Jess reprit sa course. Elle transpirait abondamment. Elle respirait par saccades. L'air était puant. Il y avait quelque chose d'obscur et d'encore indistinct au bout de la route. L'entrée d'un tunnel sombre. Jess freina de toutes ses forces et la Fiat s'arrêta net à l'entrée de l'orifice. Elle avança la tête vers le pare-brise et scruta l'obscurité du tunnel. Il était noir comme une tombe. Il n'y avait aucune voie qui le contournait. Elle était obligée d'y entrer. Elle resta stationnée devant et réfléchit aussi bien qu'elle pouvait le faire dans cet état de panique.

« Hors de question que je rentre là-dedans », décida-t-elle à voix haute.

La voie devant le tunnel était trop étroite pour faire demi-tour. Elle enclencha la marche arrière et accéléra, la tête tournée vers le pare-brise arrière. Elle fit reculer la Fiat aussi vite qu'elle pouvait, en traversant des couches de brouillard.

Jess agrandit ses yeux bleus. Au loin, presqu'imperceptibles, des silhouettes avec des cornes émergeaient du brouillard. Des têtes de bœufs sur des corps d'hommes. Ils venaient du bout de la route et s'approchaient. Ils approchaient comme des pions, des autos-tamponneuses, sans bouger les jambes. Ils disparaissaient et réapparaissaient plus près, ou se mouvaient en d'absurdes trajectoires circulaires, comme un manège, un carrousel malsain. Mais quel que fût le moyen dont ils avançaient, ils s'approchaient toujours plus près de la voiture. Et redoutablement vite.

À cet instant, Jess fut tentée d'abandonner la voiture et courir, courir le plus vite possible pour se cacher. Elle eut tôt fait de trouver cette idée ridicule. C'était comme préférer une mort certaine à une ultime tentative de survie. Alors Jess repartit en marche avant.

Elle murmura une brève prière entre ses dents. Des bribes de mots et des propos confus qu'elle laissa à Dieu le soin de déchiffrer. Elle savait qu'il se débrouillerait très bien d'où il était. Parce qu'elle n'était même plus capable de penser. Elle dévala la pente menant au gouffre et jeta sa voiture dans le tunnel.

***

« Mon Dieu mon Dieu mon Dieu », gémit-elle dans le noir.

L'obscurité était tellement opaque que les phares de la Fiat n'éclairaient rien. Jess ne voyait pas même la route sur laquelle elle évoluait à l'aveugle. Elle roulait au pas. Elle tentait de se calmer, se concentrait pour que sa vue s'accommode à l'obscurité.

« C'est pire qu'un traquenard, s'énerva-t-elle. C'est le trou du cul du diable ! »

Seconde après seconde, sa vue s'accommoda. C'était imperceptible, mais elle réussit à évaluer la distance probable entre le mur de droite et celui de gauche, plus à l'instinct qu'à sa vision. Elle constata que le tunnel était anormalement étroit. Elle eut un battement de cœur affolé lorsqu'elle aperçut un tournant en angle droit. Elle avait été à quelques secondes d'envoyer l'avant de la voiture contre le mur.

« C'est quoi ce foutu tunnel maintenant ?! »

Jess négocia le tournant et poursuivit son chemin dans le tunnel. Noir à perte de vue. Elle concentra ses yeux de son mieux sur sa trajectoire. Si sa vue s'améliorait, elle regretta soudain d'y voir clair.

« Nom d'un connard de... »

Elle s'interrompit, muette de stupeur. Les murs suintaient. Leur surface noire était comme recouverte d'aspérités, de *muqueuses*. Et ils bougeaient. De toute leur surface, les parois étaient agitées de faibles pulsations obscènes. C'était comme si elles *respiraient*.

« Allez on s'en tape, je me casse. »

Elle avança en essayant de ne pas regarder les murs qui respiraient. Mais il y avait à présent quelque chose qui la dérangeait outre mesure. Cela venait du sol. Les roues ne semblaient plus tourner sur du dur. Jess peina à accélérer.

« C'est pas vrai… »

Le sol, lui aussi, bougeait. La voiture avançait en tanguant. Les roues produisaient un drôle de bruit sur le sol mouvant. Un bruit spongieux. C'était comme si elle roulait sur une langue géante.

« Ça n'existe pas, une langue géante dans un tunnel, se raisonna-t-elle. Il y a une explication. C'est sans doute quelque chose de presque normal, c'est pas grave : avance. »

Malgré la nausée qui montait, Jess tenta de prendre de l'élan. Les roues peinaient à propulser la voiture. Jess insista, tous ses muscles contractés, elle serrait les mâchoires à se faire mal. Elle prit un peu de vitesse sur le revêtement poreux de ce tunnel effroyablement cartoonesque, repoussant l'idée de se demander ce que c'était. Des bruits écoeurants d'humidité traversaient les plexiglas des vitres. Un frisson de dégoût traversa Jess dans tout son corps.

« Tiens bon, ma grande, vas-y, tu peux le faire, tu vas sortir d'ici. »

Elle s'encourageait avec autant de vigueur qu'elle sentait qu'elle allait définitivement craquer, que ses nerfs allaient bientôt la lâcher pour de bon, tandis qu'elle avançait péniblement.

Ce ne fut qu'une dizaine de mètres plus loin qu'elle ne maîtrisa plus rien. Lorsqu'elle freina *in extremis* face à un mur. Un grand mur noir qui respirait. Sans issue.

Un cul-de-sac.

La voiture tanguait à l'arrêt, berçant Jess à l'intérieur. Son visage n'était plus qu'une avalanche de larmes de désespoir. Elle n'en pouvait plus, son corps était épuisé, à bout de forces. Elle allait devoir revenir en marche arrière, refaire tout le chemin. Se perdre à nouveau. Retomber sur ces créatures.

Ces créatures qui lui apparurent dans le rétroviseur.

Jess ne voulait pas y croire. Elle tourna la tête d'un lent mouvement mécanique. Ils étaient là, ils approchaient avec leurs têtes de bœufs. Ils marchaient en rotations, avançaient et reculaient, disparaissaient et réapparaissaient plus près entre les murs qui bougeaient. Plus près.

C'était stérile, ça n'allait pas la sauver, personne ne l'entendrait, elle allait mourir, ils allaient la tuer. Mais cela ne l'empêcha pas de hurler. Le plus fort qu'elle put, des graves aux aigus.

Elle se retourna pour ne plus les voir. Ils l'attraperaient bien assez vite. Elle sentait son cœur exploser dans sa poitrine et regarda droit devant elle.

Les créatures n'étaient plus qu'à quelques mètres. Alors Jess décida de fermer les yeux. Elle enfonça l'accélérateur à fond pour se jeter contre le mur mouvant.

**

Elle ne voulut plus rien voir. Elle roula en fermant les yeux. Elle continua à prendre de la vitesse en fermant les yeux. Elle ne voulait pas voir sa mort.

Elle sursauta quelques secondes plus tard. Elle avait entendu un klaxon. Elle ouvrit les yeux à regret. Encore quelques secondes et tout son corps fut secoué d'un rire hystérique.

Elle sortait d'un tunnel au milieu d'autres voitures, lâchées comme des poissons dans un fleuve. Le sol était dur, il n'y avait plus aucun mur. Juste un grand ciel noir étoilé, trois voies rapides et un panneau où l'on pouvait lire « Autoroute A6 ».

Puis un autre : « Mâcon 64 Km ».

***

Jess surgit dans la première station essence et se gara de travers dans un crissement de pneus qui fit se braquer sur la Fiat les quelques regards présents sur le parking.

Jess en sortit et se dirigea vers le bâtiment. Les regards se concentrèrent par conséquent sur son short trop court et son chemisier transparent, trop occupés par l'aller-retour entre ces deux pièces de tissu pour s'inquiéter de la démarche légèrement boiteuse de leur propriétaire. Mais si tous les individus masculins qui se trouvaient là reluquaient Jess à loisir, aucun ne vint l'importuner.

Elle n'avait jamais fait cela de sa vie, cela avait toujours été contraire à ses principes d'hygiène mais ce soir, c'était le dernier de ses soucis : Jess s'assit sur le siège des toilettes pour dames de la station-service. Elle urina longtemps, sous la lumière criarde des néons. Les coudes sur les genoux, elle décollait de son visage les mèches de ses cheveux trempés par la sueur. Elle renifla la manche de son chemisier. Elle sentait la transpiration. Elle tira longuement sur le papier toilette, en déroula plus que de raison d'un geste engourdi, presque émerveillé. Elle était courbaturée et affaiblie, elle avait mal partout et se sentait dégueulasse. Mais elle était soulagée, au beau milieu de cette odeur rassurante de désinfectants.

Elle était en vie.

Puis elle s'approcha de la caisse avec deux Mars et une canette de Sprite qu'elle déposa sur le comptoir. À travers ses lunettes, la caissière contemplait avec une passivité crasse le tremblement des mains de Jess qui lui tendaient des pièces de monnaie. Plus par curiosité déplacée que par bienveillance, elle se décida à demander d'une voix à peine aimable :

« Tout va bien ? Vous êtes bien pâle. »

Jess eut un bref rire nerveux et ramassa sa monnaie.

« Ce n'est rien, ça va. C'est juste que...
- Juste que quoi ? » exigea la caissière.

Jess prit dans les mains ses deux Mars et sa canette, cala le tout en équilibre contre sa poitrine et enfonça sa monnaie dans la poche de son short. Puis elle releva la tête en direction de l'employée. Elle planta son regard clair dans les petits yeux porcins de son interlocutrice et articula :

« Je crois que j'ai vu la fin du monde. »

Jess se retourna et sortit de la boutique, laissant la caissière l'observer en secouant la tête. En vingt ans de maison, elle avait déjà vu défiler un sacré paquet de déglingués.

En voilà une autre qui en tenait une sacré couche.

ÉCARLATES

My Way, Frank Sinatra

« T'as l'heure ? demande Ben en passant *in extremis* au feu orange. J'ai oublié ma Rolex.
- Trop dure, ta vie. Minuit vingt-trois exactement », répond Morgane.
Ben soupire.
« Non mais tu te rends compte qu'on va en boîte à minuit maintenant !? Pourquoi on va pas goûter là-bas non plus !?
- Moi j'aime bien.
- Ouais, moi aussi... Mais bon, merde quand même ! Moi je te dis on se fait vieux ! D'ici un an ou deux on ira aux thés dansants. »
Nous n'irons peut-être plus nulle part, se retient-elle de répondre. Elle se contente de hausser les épaules et promène son regard sur l'avenue. Tout a l'air noir et gris, et les trottoirs reflètent les lumières des réverbères dans l'eau de pluie. La circulation est tristement fluide pour un samedi soir et peu de monde s'est aventuré dehors à cette heure-ci. Une famille de touristes asiatiques croise trois militaires descendant la rue, et sur le trottoir d'en face, un groupe de jeunes filles en minijupes en route vers un bar encore ouvert. La pluie s'est pourtant arrêtée il y a une heure, comme pour supplier les gens d'aller dehors.
À contre-cœur, Ben freine au feu rouge. Ça fait sourire Morgane. D'aussi loin dans ses souvenirs, depuis leur rencontre, il a toujours voulu aller vite. Il a les feux rouges en horreur, parce qu'ils l'empêchent d'avancer.

« Ah et change-moi cette musique de papy aussi » peste-t-il en se penchant lui-même vers l'autoradio.

Intro, The xx

Ce faisant, son étoile de David jaillit du col de sa chemise pour pendre dans le vide du bout de sa chaîne. Morgane plisse les yeux et approche sa main pour saisir le bijou en or qui scintille entre son pouce et son index. Elle l'examine brièvement, comme si elle le voyait pour la première fois. D'aussi loin dans ses souvenirs pourtant, elle ne l'a jamais vu sans.

« Ben, tu ne devrais pas la mettre, tu sais.
- Hein ? Je m'en bats les couilles. »

Ben ne dit plus rien et fixe le feu en espérant qu'il passe plus vite au vert. Morgane glisse le pendentif dans le col amidonné d'où il est sorti.

« Alors cache-la, au moins.
- Ok Chef, soupire-t-il. Si ça peut te faire plaisir... »

Ben s'en fout pas mal, c'est un fait. Mais il n'aime pas voir Morgane s'inquiéter pour lui. Il sait combien elle est fragile, combien elle s'inquiète de tout, en général, et il ne veut pas lui donner de fil à retordre pour rien. Et pas en ce moment. Il l'observe du coin de l'œil tandis qu'elle regarde défiler les trottoirs éteints d'un air abattu, à moitié dissimulée derrière sa cascade flamboyante de cheveux roux. Il devine qu'elle se cache derrière ses cheveux pour qu'il ne remarque pas qu'elle se ronge les ongles.

Non, surtout pas en ce moment.

Suite n° 3, Johann Sebastian Bach

Assise sur la banquette du Uber qu'elle a eu tant de mal à pouvoir commander, Nelly pianote frénétiquement sur son iPhone. Elle lève un instant les yeux pour voir où elle en est de son chemin.

« Vous pouvez changer la musique s'il vous plaît Monsieur ?
- Bien sûr Mademoiselle.

Pills N Potions, Nicki Minaj

- Merci, c'est beaucoup mieux ! »
Nelly remet en place une mèche brune lissée au fer derrière son épaule et revient à son téléphone. Elle continue d'envoyer le même texto à ses amis dont elle est plus ou moins sûre qu'ils sont à Paris ce soir. Elle copie le texte et le colle, toujours le même depuis tout à l'heure, « Je suis en route pour le High Five, tu viens ? ». Ça sonne comme un cri de désespoir, à chaque fois qu'elle effleure la touche d'envoi. Des bouteilles à la mer. Car elle sait que personne ne viendra.

La majorité des destinataires, en effet, ne répondent pas. Et de temps en temps, par intermittence, elle reçoit « je suis partie à la campagne », « désolé, pas ce soir », « sorry, de retour à New York, ma chérie », « j'ai déjà une soirée, la prochaine fois, promis », « j'essaye de passer ». Elle sait que, pour la plupart, ils mentent.

Une alerte lui vibre entre les mains. Un nouveau message de Morgane.

« Ben cherche une place, t'es déjà dedans ?
- J'arrive », pianote Nelly en souriant.

No Church in the Wild, Jay Z & Kanye West

Écouteurs sur les oreilles, mains dans les poches, Etienne parcourt les rues d'un pas rapide. Il a laissé sa voiture en bas de chez lui pour ne pas avoir à conduire saoul sur le trajet du retour. Pas pour sa propre sécurité, mais parce que les contrôles de police se sont démultipliés ces derniers temps. Et même à pied. Il s'est fait contrôler deux rues plus tôt. Avec l'habitude, il s'est contenté de sortir sa carte d'identité qu'il garde dans sa poche pour aller plus vite, sans même prendre la peine d'enlever ses écouteurs.

Il avait cru pouvoir venir en métro, mais le traffic était déjà coupé. Les lignes s'arrêtent de plus en plus tôt. *À ce train-là*, se dit-il, *il ne sera bientôt ouvert qu'une heure par jour.* Alors, faute de taxis, il fait le trajet à pied, ça balayera sa mauvaise humeur. Il espère simplement qu'il arrivera à commander une voiture pour rentrer. Dans le pire des cas, Ben le déposera chez lui au petit matin. Ce gars-là ne se sépare jamais de sa voiture.

Ce gars-là, pense Etienne, *il ira dans l'au-delà avec sa caisse en grillant les feux.*

Ghostbuster, The Eight Group

Le son des basses s'amplifie à mesure qu'ils se rapprochent du High Five. Ben marche toujours trop vite. Morgane le suit à petits pas rapides perchée sur ses Louboutin. Elle manque de se tordre la cheville.

« Mais attends-moi, t'es lourd !
- Ok mamie, mais dépêche-toi, ça caille.
- Ah mais tu es d'un galant toi parfois !
- Grouille au lieu de parler ! Allez attrape ça. »

Ben lui tend le bras. Alors que Morgane s'apprête à le saisir, il l'attrape et la fait décoller du sol.

« On ira plus vite comme ça. »

Il avance, le pas assuré, avec sa meilleure amie qui se tortille de rire dans ses bras.

Worth It, Fifth Harmony

« C'est bon là, tu peux me reposer tu sais ! »

Ben a franchi le seuil, salué Fred, le physionomiste, a descendu les escaliers, écarté le rideau d'un revers d'épaule et s'est avancé sur la piste en oubliant Morgane dans ses bras. Il est tellement robuste, ce garçon de trente ans, qu'il en vient à oublier qu'il porte quelqu'un. Il dépose son amie au milieu de la piste. Elle reprend son équilibre, un peu étourdie par les rires et son voyage les pieds hors du sol. Elle opère un lent tour sur elle-même, et son visage s'est assombri après ce tour d'horizon. Deux filles discutent sur une banquette, manifestement plongées dans une conversation sérieuse qui n'a pas sa place dans le décor. Et, de façon plus conventionnelle, un groupe de cinq jeunes hommes commande des shots au bar.

« C'est... vide », souffle-t-elle.

Saisie d'un frisson, elle replie ses bras sur elle-même sans comprendre ce qui lui arrive. Il s'agit pourtant d'une des sensations les plus communes au monde. Mais jamais cela ne lui était arrivé en cet endroit.

« Ben... Il fait froid. »

Ben acquiesce. Cette boîte de nuit qu'ils fréquentent depuis dix ans a ceci de particulier qu'on y étouffe, et qu'on ne peut s'y déplacer d'un pas sans marcher sur le pied de quelqu'un ou bousculer une fille. L'établissement est connu pour être trop petit, un carré bleu sombre étroit, étriqué. La piste au milieu, les estrades avec les banquettes foutues sur les rebords, le bar le long d'un mur, la loge royale du DJ tout au fond derrière le podium, tout cela est réputé pour ne tenir que sur bien peu de mètres carrés. « Non, on est les uns sur les autres là-dedans » est le principal argument de ceux qui ne veulent plus y mettre les pieds. Cette boîte qu'ils fréquentent depuis dix ans est célèbre pour sentir la transpiration et le tabac, car on y fume en dépit des lois.

Mais il n'y a pas d'odeur ce soir. Et ce soir, cet endroit minuscule, pour la première fois qu'ils le voient vide, leur paraît immense.

Nelly s'approche de l'entrée à grand bruit, martelant le bitume du talon de ses bottes. Elle retire les écouteurs de ses oreilles d'un geste élégant.

« Désolé Mademoiselle, pas de baskets.
- Fred, fais gaffe, ton humour va finir par être classé patrimoine immatériel » répond-elle au physionomiste.

C'est sa blague réservée. Depuis qu'elle a vingt ans, chaque fois qu'elle arrive au High Five, Nelly collectionne les faux refus de Fred. Au début, quand elle était plus jeune et insolente, jeune américaine sentant Paris à ses pieds, elle s'énervait. Elle arrivait, un peu trop hautaine pour lui sans doute, avec ses longs cils et son nez parfait, comme en terrain conquis. Alors, juste pour l'agacer, au début, il lui disait que ça n'allait pas être possible, que la boîte était fermée pour inventaire, ou que c'était une soirée privée, un baptême, une réunion d'État. Il la laissait toujours négocier deux minutes, et finissait par la laisser entrer, sans doute pour lui donner une leçon d'humilité. Mais cela fait bien des années, maintenant, qu'elle a compris la blague. Alors à chaque fois, elle force le passage. Elle entre en lui appliquant un baiser sur la joue pour gagner du temps, peu importe ce qu'il lui dira.

« Nelly ! » s'écrie Morgane en la voyant émerger du rideau de velours.

Les deux jeunes femmes se précipitent pour se jeter dans les bras l'une de l'autre devant Ben, un peu dépité, qui se fait à l'instant la réflexion qu'il ne comprend vraiment pas les filles. À voir ces deux meilleures copines se retrouver, on croirait qu'elles ne se sont pas vues depuis des années. En réalité, leur dernier café ensemble à repeindre l'univers entier date d'il y a seulement deux semaines.

Mais en ce moment c'est étrange, et Ben veut bien admettre que les notions du temps ne sont plus tellement les mêmes. Deux semaines sans voir quelqu'un à qui l'on tient, c'est long maintenant.

Un seul jour sans voir Nelly aussi, c'est long.

One of us, Joan Osborne

Etienne franchit le rideau en se débarrassant de sa parka. Il repère tout de suite ses amis. C'est de moins en moins difficile, il doit y avoir vingt-cinq clients à tout casser, les temps ont changé. Il les rejoint sans sourire. Il embrasse les filles, tape dans la main de Ben et se laisse lourdement tomber sur la banquette à côté de Nelly.

« On t'attendait pour commander. Qu'est-ce qu'on prend ?
- Ce que vous voulez, je m'en fous.
- Allez, le secoue Nelly. Arrête de faire la tronche. Qu'est-ce qu'il te plairait de boire ?
- Un truc fort », répond Etienne en haussant les épaules.

Ben lève la main pour appeler la serveuse en jetant un œil discret au groupe de filles court vêtues qui vient d'entrer.

In The Death Car, Iggy Pop

Ils boivent sans trinquer car ils n'en ont pas envie. Cela fait un moment qu'ils n'ont plus rien eu à fêter. Le premier gros contrat de la boîte qu'a montée Ben, peut-être, mais cela date d'avant les vacances d'été. Il boivent en silence, si l'on oublie Iggy Pop dans les enceintes.

Ils ont commandé de la vodka pomme, mais Morgane ne boit que le jus de pomme. Elle ne boit jamais d'alcool quand elle sort. Elle a peur de perdre le contrôle. Cela a toujours été, mais a empiré ces derniers temps.

Cet après-midi même encore, elle a failli abandonner sa voiture dans un embouteillage près du Trocadéro. Elle ne l'a raconté à personne. Elle avait paniqué. Ça sentait le danger. Elle a hésité à prendre son sac, claquer la portière et courir. Alors elle a pris de longues inspirations, les yeux rivés au tableau de bord, et a fini par se raisonner. « Tu arriveras bien plus vite à la maison en voiture qu'à pied. Courage, encore six rues et tu y es. » Elle avait attendu les mains sur le volant le lent dégorgement du traffic en suant abondamment. Elle avait croisé le regard du conducteur à côté. L'inconnu lui avait adressé un sourire qu'il avait voulu le plus franc possible, Morgane avait su que ça lui coûtait. Elle avait compris qu'il voulait l'encourager. Alors elle a pleuré un peu, très discrètement, puis conduit jusque chez elle.

Deux nouveaux groupes de jeunes gens entrent dans la salle et Nelly avale une longue gorgée d'alcool qui lui brûle la gorge. Il va falloir qu'elle leur dise, et ça lui tord le cœur. Mais plus elle retarde ce moment, plus elle se torture. Il faut qu'elle le lâche :

« C'est ma dernière soirée à Paris. »

À ces mots se braquent sur elle les regards de ses amis.

« Qu'est-ce que tu racontes ? demande Etienne.
- Je retourne vivre à New York. J'en ai déjà parlé.
- Oui mais c'était juste une idée comme ça, tu avais dit que tu y pensais mais tu n'étais pas sérieuse, au fond ! s'étonne Morgane. C'est pas vrai, n'est-ce pas ? Tu blagues !? »

Nelly prend une longue inspiration. Ben finit son verre d'un trait.

« J'ai pris ma décision, je pars la semaine prochaine.
- Tu nous abandonnes...
- Non, Morgane chérie. Bien sûr que non. Mais ça fait des mois que mes parents insistent. Ils m'appellent tous les jours pour me demander de revenir... Ma famille m'attend, tu comprends ? Et puis je dois signer pour un nouveau job là-bas dans dix jours.
- Je vois que tu as bien préparé ton coup en douce. Toutes mes félicitations. »

Rack City, Tyga

Morgane croise les bras et s'enfonce dans le dossier de la banquette. Elle disparaîtrait dedans si elle le pouvait, pour punir son amie. Elle boude comme une petite fille. C'est comme ça que Nelly la voit. Morgane est une petite fille de trente et un an. Depuis treize ans qu'elle vit à Paris, Nelly la console, la secoue, la fait rire et l'empêche de pleurer. Elle sait que Morgane, ce soir, a de bonnes raisons de lui tirer une tête d'enterrement. Parce que Nelly ne lui donne pas tort, elle a bel et bien le sentiment de l'abandonner.

Elle en est malade, de partir, pourtant. Ça la ronge de l'intérieur, lui dévore le cœur à l'acide. Elle a toujours voulu faire sa vie ici, et cela avait si bien commencé. Sa carrière lancée chez un grand couturier, son appartement trop petit dans lequel elle avait jusqu'ici encore trop de souvenirs pour songer à en prendre un plus grand, chaque quartier où elle a échafaudé un morceau de sa vie d'adulte.

Et elle se déteste de quitter ses amis, ces frères et sœurs qu'elle n'a pas eus. Elle s'en veut chaque fois qu'elle ferme un carton, de laisser Etienne dans sa déprime qui empire au fil des mois. Elle sait qu'il tient trop à la vie pour faire une connerie, mais elle craint qu'il ne sombre davantage. Elle ne veut pas autant s'éloigner de Ben dont elle se rend compte de jour en jour qu'il va beaucoup trop lui manquer. Elle se sent dégueulasse d'avoir tout planifié dans leur dos ces dernières semaines. Quinze jours plus tôt, elle l'avait évoqué sur le ton de la blague, juste pour les préparer, mais ils ne l'avaient pas crue. Ses parents non plus ne l'avaient pas crue, lorsqu'elle leur avait assuré qu'ils se faisaient du souci pour peu de choses. Si son père n'avait pas eu le cœur aussi fragile, si elle ne sentait pas qu'elle risquait de le tuer par son entêtement, elle aurait continué à vivre ici.

Etienne se redresse en sursaut avec le cœur qui explose. Une fille vient d'entrer. Il a fait erreur. Il tente de respirer normalement. Ce n'était pas Laure.

Depuis des mois, il a l'impression de la voir partout. Mais ce n'est jamais elle. Nulle part.

Alors il se rassied, et finit son verre avec les mains qui tremblent encore.

Part Time Lover, Stevie Wonder

La piste se remplit. Insidieusement, quelques personnes se sont mises à danser. Nelly tente de capter l'attention de Morgane qui l'évite copieusement. Alors elle se lève et l'attrape par la main. Morgane résiste, Nelly insiste, elle la tire par le poignet.

« Allez viens mamie, on va danser. »

Morgane se laisse supplier. Nelly n'en finit plus de lui secouer le bras. La secousse finit par remuer Morgane en entier. Elle résiste encore, puis cesse d'un coup de se retenir de rire. Elle accepte de se laisser traîner par son amie. Ensemble, elles descendent sur la piste.

Sans qu'elles le sachent, Ben les regarde danser. *Nelly va partir. Nelly va partir,* ne cesse-t-il de se répéter. Il se sent s'écrouler de l'intérieur. Un éboulement d'un mètre quatre-vingt-dix a secrètement lieu dans tout son corps. *Nelly va partir.*

Mais pour l'instant, elle danse.

The Wanderer, Dion

Morgane n'a plus froid. La salle glaciale dans laquelle elle est rentrée plus tôt se remplit. Il y a de plus en plus de monde, sur la piste. Et au milieu des gens qui dansent, Nelly se sent comme dans une bulle. Elle aime la foule, elle aime la musique, elle aime la fête et le monde. Elle aime tout ce que Morgane redoute. Elle regarde son amie oublier un peu, se libérer provisoirement de ses angoisses permanentes. Morgane agite les bras, secoue ses cheveux. Elle s'abandonne un peu, cesse ses coups d'œil suspicieux autour d'elle en s'obligeant à fermer les yeux. En les rouvrant, elle fixe un point, avant de crier dans l'oreille de Nelly.

« Il y a ta grande copine, là-bas !!
- Qu'est-ce que tu dis ?
- Julia, j'ai vu Julia.
- Super. »

Nelly hausse les épaules. Elle ne tournera pas la tête. Julia ne vaut pas la peine qu'elle se retourne pour la voir arriver. Julia est son ennemie jurée depuis des années. C'est un mot bien fort, si l'on sait qu'elles ne se sont clairement jamais rien fait de mal. Elles se contentent de se détester depuis le jour de leur rencontre en école de stylisme. Depuis lors, elle n'ont jamais manqué de casser du sucre dans le dos l'une de l'autre à la moindre occasion. Un mépris gratuit et cordial dont on ne cherche plus à connaitre l'origine. Elles se croisent et s'ignorent, et cela semble les satisfaire.

« Ça va mec ? »

Etienne observe Ben depuis un moment. Ce dernier, toujours égal d'humeur, est nettement moins marrant que d'habitude, ce soir. Ce n'est pas dans son caractère. Une fraction de seconde, Etienne se demande si Ben n'a pas vu quelque chose de bizarre dans la salle avant d'écarter cette idée. Mais il connait Ben, il n'a peur de rien, il doit s'inquiéter pour autre chose, au vu du temps infini qu'il met à lui répondre. Parce qu'il hésite longtemps avant de déclarer :

« Ouais, très bien ... Et toi, ça va ?
- Ça va. »

Ils savent qu'ils se mentent et n'en sont pas fiers. Alors ils se taisent et contemplent vaguement la boîte qui n'en finit plus de se remplir.

Abbronzatissima, Edoardo Vianello

Ben allume une cigarette. Il n'a plus le réflexe d'en proposer à Etienne qui a arrêté de fumer onze mois et demi plus tôt. Il n'a jamais repris, en dépit de sa rupture. Cette volonté rassure ses amis lorsqu'ils ont des craintes à son sujet, car tant qu'Etienne semble tenir à sa santé, il ne risque sans doute pas de faire une connerie. Il a arrêté de sourire huit mois plus tôt, aussi. Et là non plus, il n'a jamais repris.

Morgane et Nelly ont improvisé une valse maladroite, elles tournent en marchant sur les pieds des gens. Sans prévenir, Nelly lâche Morgane et s'enfuit quelques pas plus loin. Morgane est en état d'alerte. Est-ce qu'il se passe quelque chose ? Est-ce qu'il faut partir ? On ne peut rien savoir, avec la musique. De panique, ses jambes sont comme ancrées au sol, elle se sent paralysée, elle ne va pas pouvoir bouger. Impuissante, elle voit Nelly s'écarter en urgence et se jeter au cou d'un grand gars de type latin, décoiffé, au col ouvert. Morgane a manqué de fondre en larmes, elle allait commencer à prier à l'instant. Mais tout va bien.

De loin, Ben n'en perd pas une miette et jette un regard féroce à l'inconnu. Nelly fait un grand signe à Morgane qui s'approche.
« Morgane ! hurle-t-elle par-dessus la musique. Je te présente Javier, tu sais, mon ancien colocataire à Milan ! Je t'en ai parlé mille fois ! »
Morgane acquiesce. Javier lui adresse un sourire. Ça ne lui arrive jamais devant quiconque, alors peut-être a-t-elle rêvé, mais elle a cru un instant sentir ses genoux trembler. Javier dit

quelque chose dans l'oreille de Nelly qui hurle ensuite à Morgane qu'il veut les inviter à sa table.

Ce doit être encore la panique de cet après-midi, ou celle d'il y a trente secondes. Ou la panique de ma vie tous les jours, pense Morgane en les suivant.

I Think I Like It, Fake Blood

Traçant son chemin parmi la foule, une jolie blonde tente de traverser la salle. Ben donne un bref coup de coude à Etienne pour l'avertir. C'est Pauline, la fille qu'Etienne a misérablement fréquentée après sa rupture avec Laure. Il avait su dès le début qu'en dépit de la beauté qu'elle était, elle ne lui permettrait pas d'oublier.

Il l'avait donc fréquentée avec toute la mauvaise foi du monde et avait été trop lâche pour rompre. Il avait coupé contact un après-midi. Il avait honte, malgré tout, et s'était bien gardé de raconter cette histoire à Morgane et Nelly. Ses deux amies l'avaient copieusement engueulé lorsque malgré tout l'affaire avait fini par cheminer jusqu'à leurs oreilles. Elle avait aussi tracé son chemin jusqu'à celles de Laure, Pauline s'en était chargée. Etienne l'avait su, lui aussi, qu'elle avait mis Laure au courant.

Pauline était devenue incontrôlable. Suite à cette rupture non formulée, elle avait harcelé Etienne de coups de fil, l'avait assailli de messages hystériques auxquels il n'avait jamais répondu. Elle continue de le traiter de tous les noms, de lui faire un scandale toujours plus mémorable chaque fois qu'elle le croise ici. À chaque fois, il la laisse déverser son venin, il n'a rien à dire pour sa défense parce qu'il se sent comme une merde.

Etienne baisse la tête pour ne pas qu'elle l'aperçoive. Il ne veut pas l'affronter, pas aujourd'hui. Il n'a pas le courage pour une scène. Si elle vient lui faire des reproches et le couvrir d'injures maintenant, il se sent capable de fondre en larmes, tellement il est perdu et fatigué.

Mais c'est peine perdue. Pauline l'a repéré, et elle s'approche.

Ben se tord le cou pour voir ce qu'il se passe de l'autre côté de la boîte, avec ce gars qui a invité les filles à sa table. *Pour qui il se prend celui-là ?* Il le voit leur remplir des coupes sous leur air ravi.

Toutes les mêmes. À partir du moment où il y a du champagne, elles ne connaissent plus personne ces deux-là... Et depuis quand Morgane boit de l'alcool dehors ?

Etienne garde la tête baissé, presque recroquevillé sur la banquette. Il sent Pauline s'assoir à côté de lui.

Les neiges de l'Himalaya, Dorothée

Il sent ses yeux qui le piquent, il ne va plus pouvoir contrôler ses larmes. Il ne pleure jamais, pourtant. Il se sent pathétique. Il n'ose pas lever la tête vers la jeune femme. Malgré tout, il s'étonne qu'elle ne lui ait pas encore collé au moins une baffe.

Contre toute attente, il sent les doigts de Pauline se poser sur son visage avec toute la douceur du monde. Pour une fois, ce n'est pas une gifle, elle lui tourne la tête vers elle. Il constate qu'elle lui sourit, se demande quel est le piège, si ce n'est pas pour lui mettre une tarte d'un genre nouveau, une raclée appliquée dans la bonne humeur. Mais elle se penche à son oreille.

« Je te demande pardon, Etienne, pour le mal que j'ai fait. »

Etienne pousse un gros soupir. Une respiration irrégulière de fatigue nerveuse. Il est bouleversé. Alors il renifle.
« C'est moi qui te demande pardon, Pauline. Tu ne méritais pas ça. »
De nouveau, elle lui sourit. Un sourire clair et foudroyant. Il comprend qu'elle lui a déjà pardonné.
« Je te laisse, dit-elle, je vais rejoindre mes amis. »
Etienne l'embrasse sur le front et la regarde partir. Il étouffe ses larmes sous un début de fou rire nerveux.

Ben a perdu Nelly de vue. Il ne voit plus que Morgane, plongée dans une conversation avec l'inconnu. Il scrute la piste, la cherche des yeux. Son visage apparaît brutalement à quelques centimètres du sien. Il l'attrape par le poignet pour l'aider à grimper la marche sans qu'elle ne se fasse bousculer.
« Ça va ? Tu fais une drôle de tête.
- Ouais... C'est qui ce mec ?
- C'était mon meilleur ami quand je vivais à Milan, un gars génial.
- Super.
- Il vient juste de s'installer à Paris.
- Pile au moment où toi tu pars, comme c'est dommage. »

I'm Busted, Ray Charles

Nelly n'a pas relevé l'ironie de Ben et se hisse à côté de lui pour s'assoir sur le dossier d'une banquette. Elle semble survoltée. Une fois installée, elle se penche à nouveau vers lui et parle en agitant ses mains au longs doigts fins.

« Alors je crois que je viens d'être témoin d'un coup de foudre.
- D'un quoi ? demande Ben, perdu.
- Javier et Morgane. Incroyable, il ne la quitte pas des yeux. J'ai dû partir tellement j'avais l'impression de tenir la chandelle. Ahah ! Regarde là-bas ! Il la fait danser ! Morgane ! Morgane qui accepte de danser avec un garçon qu'elle ne connait pas depuis la maternelle... Elle a même bu du champagne : de l'alcool, tu te rends compte !? On a peut-être des chances de ne pas l'inscrire tout de suite en maison de retraite ! »

C'est une blague qu'ils ont entre eux et dont Morgane ne s'est jamais vexée. Elle a toujours été prude et peu facile d'accès. C'est aussi ce qui la rend unique et attachante. Et qui lui vaut le surnom peu ragoûtant de *Mamie*. Mais c'est surtout ce qui donne à ceux qui l'aiment le sentiment de devoir la protéger du monde entier. Ce que fait Ben de son air contrarié.

« Qu'est-ce que t'as ?
- Rien, juste que tu lâches Morgane en pâture au premier venu. Je le connais pas moi, celui-là. Elle est fragile. Si jamais il la mène en bateau et qu'elle va mal après, ce sera ta faute. J'espère juste que tu assumes. Surtout que tu vas partir, en plus.
- Je rêve ! Tu me prends pour qui ? Javier, je le connais par cœur ! Jamais je ne lui aurais confié Morgane autrement. Et puis ils sont juste là sous nos yeux : ils discutent, Ben ! C'est tout !
- Si tu le dis ... »

What's Up, 4 Non Blondes

Etienne a traversé la salle et s'est assis sur le podium. Il balance ses jambes dans le vide, inconfortablement adossé au vide, devant les genoux des gens qui dansent. Il a arrêté de fumer il y a onze mois et demi. Depuis, il ne cesse de s'en féliciter.

Et il s'allume une cigarette.

Alors qu'il expire la fumée, il aperçoit Laure. Elle danse juste devant lui. Elle est devant le bar. Elle est dans les trois filles qui franchissent le seuil. Elle est quatre fois dans la file d'attente du vestiaire. Elle danse en double, en triple, debout sur toutes les banquettes.

Quand il ferme les yeux, il la voit encore.

Morgane danse avec Javier. Elle sent toute tension qui la quitte. Ils dansent ensemble comme s'ils s'étaient entraînés des mois. Si bien que parfois, les gens à côté d'eux arrêtent de s'agiter pour les regarder. Un spot caresse Morgane de sa lumière tandis qu'elle écarte ses cheveux sur le côté pour ne plus qu'ils lui tombent sur les yeux. Les mèches s'envolent sous le faisceau, découvrent son visage de porcelaine. En cet instant, Javier doute de sa réalité, et de celle du monde entier. Car il pense avoir vu un ange. L'espace d'un flash électrique, Javier aurait juré lui voir des ailes.

Etienne garde les yeux fermés. Trop de Laure partout. Il laisse tomber le mégot qui lui brûle les doigts.

« Je peux t'inviter à déjeuner demain ? demande Javier. Il va neiger, et je connais un restaurant où il y a une cheminée. »

Morgane a soudain l'air effrayé. Elle cesse tout mouvement et considère son cavalier comme s'il venait de lui demander la lune ou de passer sous un train, quelque chose qui mériterait une réflexion infinie. Déjà, il regrette sa question. Elle ressemble à un animal sur le point de s'échapper. Il voudrait revenir en arrière tandis qu'elle garde les yeux baissés sans vouloir ne jamais les relever. Un instant, elle semble suffoquer. Il cesse de respirer, cherche une diversion, n'importe quoi pour lui faire oublier qu'il vient de l'inviter à déjeuner. Puis elle relève la tête, le visage apaisé, passé un ouragan intérieur. Et elle acquiesce.

I Just Called To Say I Love You, Stevie Wonder

Silencieux, Nelly et Ben sont au spectacle. Ils n'ont jamais été tellement bavards ensemble. Leur façon à eux de passer le temps, c'est de ne rien se dire, de lever les yeux là où l'autre regarde déjà, pour voir ce qu'il voit.

Julia passe devant eux, constate leur présence d'un œil distrait et disparait entre les gens. Il y a quelque chose qui cloche. Nelly réfléchit, elle cherche. Ben aussi a senti quelque chose mais ne se pose pas de question parce qu'il s'en fout. Puis Nelly comprend. Julia ne l'a pas toisée de haut en bas, ce soir, elle a oublié l'air narquois qu'elle prend avec elle normalement. Il n'y a pas eu de haine durant cette seconde-là. C'était juste ça qui n'allait pas.

Javier perd la main de Morgane. Déséquilibrée, elle trébuche et se rattrape en se pendant au cou d'un garçon assis sur le podium. Elle n'a pas eu le temps de voir son visage, se sent honteuse, s'apprête à balbutier des excuses. Mais ce n'est qu'Etienne. D'un geste désinvolte, il la maintient pour ne pas qu'elle tombe, et la serre affectueusement par la taille de sa main libre. Il lui applique un baiser sur la tempe, comme s'il était condamné, qu'il allait partir et ne la reverrait jamais.

De l'autre main, il tient son téléphone, en veille sur un message qu'il n'a pas encore envoyé. Curieuse, Morgane se penche pour déchiffrer l'écran. Un message de désespoir destiné à Laure. *Veux-tu m'épouser ?*

Morgane ouvre de grands yeux affolés. Elle remue les lèvres, formant une phrase pour laquelle Etienne n'a pas besoin du son. *Ne fais pas ça.* Elle tend la main pour saisir l'appareil et l'en empêcher. Il appuie pour l'envoyer.

Nightcall, Kavinsky

Nelly déglutit quelques mètres plus loin. Ça ne va pas bien, elle ne sait pas trop pourquoi. Ce pourrait être à cause de cette foutue chanson qui vient de passer mais non, elle l'entend à chaque fois qu'elle vient ici. Ce n'est pas juste un remord, elle a envie de pisser, de pleurer et d'appeler ses parents en même temps. Tout cela tout de suite. Elle ne leur a jamais dit qu'elle les aime parce qu'elle est trop pudique. Elle pourrait le regretter un jour. Elle a besoin de les appeler, ça la démange. Il faut qu'elle leur dise qu'elle les aime, et tout de suite, même en hurlant pour couvrir la musique. Elle sent monter des sanglots qu'elle étouffe dans sa gorge et cherche son téléphone. C'est une urgence. Tandis qu'elle plonge la main dans la poche arrière de son jean, Ben, lui, prend son élan et l'attrape par le poignet :

« Il faut que je te parle.
- De quoi ? » fait Nelly.

Ben s'apprête à improviser, à jongler avec des bris de verre, des lames de rasoir et des boules de feu. Il se dit qu'il aurait dû aller pisser avant, lui aussi. Etienne surgit de la foule et vient s'assoir entre eux deux, les obligeant à s'écarter pour lui faire de la place. Il n'a pas l'air bien. Nelly affiche un air inquiet, alors il allume son téléphone pour leur faire lire le message qu'il vient d'envoyer. Ses amis n'osent rien lui dire, et ne lui font aucun reproche. Ils soupirent intérieurement. Ils savent d'avance qu'ils vont devoir le ramasser à la petite cuillère, et que le travail commence dès maintenant.

Etienne sursaute. Son téléphone a vibré et le prénom de Laure s'affiche sur l'écran. Elle a répondu. Etienne devient blême. Depuis des mois qu'elle l'a quitté, elle n'a jamais répondu à un seul de ses messages, à aucun de ses appels. Le choc est tel que son téléphone lui échappe des mains et Nelly le rattrape avant qu'il ne tombe. Elle le lui tend. Il fait non, de la tête. Il ne veut pas le lire. Bouleversé, il tourne la tête de côté. Il ne veut plus rien savoir.

Nelly soupire. Elle consulte Ben d'un froncement de sourcils. Il réfléchit un instant avant d'acquiescer. Alors elle ouvre le message et Ben le lit par-dessus son épaule. D'un geste délicat, il applique sa grande main sur l'épaule d'Etienne et lui met l'écran de force sous les yeux.

« D'accord. »

It May Be Winter Outside, Barry White

Etienne sent le sol s'écrouler sous lui. C'est la plus violente hydrocution de sa vie. Il ne peut pas y croire. Il reste figé sans rien dire, l'œil aussi brillant qu'effrayé. Nelly le secoue par les épaules. Les doigts tremblants, Etienne compose le numéro de Laure. Une tonalité. Deux. Puis sa voix.

« Oui.
- Tu es où ? rugit-il par-dessus la musique.
- Je t'entends très mal !
- Où tu es ?
- Chez mes parents. Et toi ?
- Au High Five ! Je viens te chercher !
- Non non, tout le monde dort, ici. C'est moi qui viens.
- C'est vrai ?
- Oui ! Je prends ma voiture et j'arrive.
- Tu arrives quand !?
- Vingt minutes. Laisse-moi vingt minutes. »

Il raccroche. Il pleure enfin, lessivé, remué en tous sens de l'intérieur.

Ella, Elle L'a, France Gall

Morgane est revenue et serre Etienne dans ses bras à l'étouffer. Cela fait deux minutes qu'elle ne l'a pas lâché et qu'elle attend qu'il cesse de pleurer. Elle essuie ses larmes en riant.

« Je vais chercher un magnum », annonce Nelly.

Elle redescend sur la piste et nage parmi les danseurs en direction du bar. Même Julia, qu'elle aperçoit en face d'elle ne ternit pas sa joie. Julia, qui, bousculée par un client pressé, perd l'équilibre et une chaussure. Sans réfléchir, Nelly se précipite, la rattrape par le poignet pour ne pas qu'elle chute, et ne la lâche pas tandis qu'elle se baisse pour lui retrouver son escarpin sur le parquet collant. Elle se redresse et le lui tend.

« Tiens. »

Incrédule, Julia récupère sa chaussure. Nelly relâche son poignet, et fait un pas pour poursuivre son chemin quand Julia la rattrape par le coude.

« Merci, Nelly, souffle-t-elle sous la musique.
- C'est rien du tout. Fais attention à toi », répond-elle en souriant.

Copacabana, Barry Manilow

Morgane fait sauter le bouchon du champagne et Ben lui vient en aide pour servir, lui prétextant qu'elle est à peine plus grande que la bouteille. Enfin, ils trinquent tous. Javier s'est joint à eux et a félicité Etienne.

Ce dernier consulte compulsivement son téléphone, guettant les messages de Laure.

« Je viens de partir », reçoit-il.

Il se recoiffe des doigts devant un miroir taché de rouge à lèvres.

Morgane est déjà repartie danser avec Javier.

« Tu voulais me dire quelque chose tout à l'heure ? »

Ben n'ose pas faire face à Nelly. Alors il tente de parler le plus fort possible, en fixant un point droit devant lui pour ne pas voir sa réaction.

« Je ne veux pas que tu partes.
- Je comprends...
- Non tu ne comprends pas. Je me suis mal exprimé : je veux que tu restes. »

Nelly demeure muette. Elle sait, au fond. Cela fait longtemps qu'ils ont compris et qu'ils ne se sont rien dit. De l'orgueil et de la peur. Sans se tourner vers lui non plus, elle saisit sa main sur le cuir de la banquette. Il déglutit. Il a rêvé ce moment des années. Il pourrait mourir à l'instant. Nelly hésite un moment, puis lui demande :

« Tu veux qu'on parle de tout ça demain ? »

Take Me To Church, Hozier

Ben acquiesce. Ils cessent ainsi de parler, et restent main dans la main, à contempler la salle comble. Elle sent le tabac et la transpiration, la joie et l'abandon. Etienne attend Laure en ne cessant de se recoiffer, c'est à peine s'il respire. Il ne tient plus en place et il s'est remis à sourire. Il ne sait pas encore que Laure vient d'entrer et qu'elle le cherche. Morgane danse comme si elle narguait la mort elle-même. Elle n'a plus peur de rien.

Tout ce monde s'agite sous leurs yeux, aussi superficiel que profond, chargé de rage de vivre et enivré de promesses. Une foule dense habitée de névroses et de rêves, d'âmes dures et de cœurs fragiles, de petites misères égotistes et d'élans fraternels, elle bouge comme un rythme cardiaque, un sursaut de vie furieux. Et cela s'agite, la sueur dans les cheveux, les volutes de Marlboro, les fatigues essoufflées sur la piste, les éclats de rires, les éclaboussures et les bousculades involontaires. Ça s'oublie, ça oublie toute la gravité du monde et la menace nouvelle de mourir à n'importe quel moment.

Et la musique cesse lorsque la pièce explose.

Cela ne dure que quelques secondes assourdissantes, le temps du souffle qui déchire les corps, de la déflagration qui fait s'écrouler le plafond. Puis plus rien. Les quelques corps encore à l'agonie demeurent silencieux sous les gravats. Lorsque tout le monde est mort s'installe un long silence. Arrachées de leurs poignets, projetées à l'autre bout de la salle, les mains de Nelly et Ben sont restées accrochées. Et tandis qu'une fumée sentant le souffre flotte au-dessus des cadavres déchiquetés, des enceintes trouées, éclaboussées de sang, s'élève un *Ave Maria.*

DÉMONSTRATION

Vendredi 28 juillet 1989

Claude entendit des pas étouffés par la moquette élimée du couloir. Une démarche pressée et probablement féminine. Mais la silhouette passa si vite devant la porte ouverte de son bureau qu'il n'eut pas le temps de l'identifier. La porte des toilettes claqua et Claude se remit à sa paperasse. Quelques instants plus tard, il y eut un bruit de chasse d'eau, de robinet et de verrou capricieux. Anne-Laure, la comptable, rebroussa chemin, l'allure plus sereine, assez pour tourner la tête et s'arrêter net devant l'encadrement de la porte.

« Monsieur Boulay, mais vous travaillez encore ? » s'étonna-t-elle.

Elle s'approcha sans lui laisser le temps de répondre. Derrière elle, une autre silhouette passa comme un éclair dans le couloir jusqu'à la porte des toilettes.

« Pourquoi vous ne venez pas avec nous ? demanda Anne-Laure. Toute l'équipe est dans la salle de réunion ! Monsieur Révillon vient juste de partir : quand le chat n'est pas là les souris dansent, comme on dit ! On a même débouché du Champagne !
- C'est gentil, bredouilla Claude avec un sourire timide. Mais il me reste encore un rapport à terminer.
- Enfin, ça peut bien attendre lundi non ? Vous allez rester seul ici pendant un mois, vous aurez tout votre temps. »

Un bruit de chasse d'eau, un bruit de verrou. Il manquait juste le bruit du robinet entre les deux. Et quelques secondes plus tard, ce fut Franck, l'un des commerciaux, qui s'arrêta devant l'encadrement de la porte. Claude eut le temps de penser que si son bureau n'avait pas été situé à côté du cabinet de toilettes du fond du couloir, il serait fort probable qu'il passe tout à fait inaperçu dans cette petite entreprise.

« Et alors ! fit Franck, jovial, il y a une contre-fête ici ?
- Non c'est plutôt l'inverse, sourit Anne-Laure. J'étais justement en train d'essayer de convaincre Monsieur Boulay de se joindre à nous. Mais puisque tu es là, tu vas m'aider !
- Comment ça Claude !? Mais ça ne va pas du tout ! »

Franck entra dans la pièce qui contenait deux postes de travail, celui de Claude et celui des stagiaires qui se succédaient au fil des mois. Le dernier en date avait terminé son stage la semaine passée. Franck fit le tour du bureau de Claude et rejoignit Anne-Laure qui s'était assise sur le rebord. Si sa jupe crayon n'avait pas comprimé ses bourrelets de façon aussi ostentatoire, Anne-Laure aurait à ce moment là été assez crédible en femme fatale.

« Allez mon vieux, c'est pas tous les jours qu'on organise un pot dans cette boîte, venez boire un petit coup », argumenta Franck avec son ton flatteur et son sourire professionnel de commercial.

Tandis que Claude, gêné, tentait de balbutier quelques mots, Franck s'empara soigneusement du cadre photo posé à côté du calendrier. Sur le cliché, on y reconnaissait Claude, rajeuni de quelques années, en compagnie d'une jeune femme ordinaire mais jolie, et de deux adorables petites filles blondes d'environ quatre ans dont l'une tendait à bout de bras un chat rayé qui semblait se débattre face à l'objectif. Anne-Laure avança la tête pour examiner elle aussi le cliché.

« Elles sont tellement mignonnes ces petites ! dit Franck.
- Ce sont des jumelles ? » demanda Anne-Laure.

Claude se sentit bouillir de fierté. Il devint soudain très rouge.

« Oui, ce sont mes filles. Elles s'appellent Julie et Victoire. Mais elles ont neuf ans maintenant. C'est une vieille photo.
- Vraiment craquantes ! dit Anne-Laure.
- Elles ressemblent beaucoup à leur maman, je trouve.
- Oui Franck a raison, il y a vraiment quelque chose. Et votre femme est ravissante.
- Nous sommes... euh... divorcés, en fait... Elle vit à Francfort avec les enfants maintenant.
- Ah », fit Anne-Laure.

Un petit silence gêné s'installa. Franck tenta de rebondir :

« En tout cas, le chat est vraiment mignon !
- C'est une chatte », corrigea Claude en ouvrant son tiroir. Il en sortit une minuscule photo cornée et un peu floue qu'il brandit devant eux les doigts tremblants. « Elle s'appelait Virginie... Elle est morte le mois dernier. »

Silence. Anne-Laure et Franck échangèrent un très bref regard. Le commercial semblait avoir un spasme au niveau de l'estomac et la comptable émit un léger couinement qu'elle maquilla en toux soudaine. Un fou rire naissant qu'ils avaient du mal à contenir. Franck se redressa d'un bond et donna une petite tape sur l'épaule de Claude.

« Bon allez Claude ! Maintenant vous venez avec nous ! Pas de discussion !

- Oui, renchérit Anne-Laure. C'est quand même plus sympathique si tout le monde est là ! Allez, venez.
- Bon, d'accord. »

Claude restait un peu à l'écart avec son gobelet de carton vide qu'il triturait entre ses mains, trop timide pour se servir. Il demeurait là, les fesses collées au rebord d'une table, ni debout, ni assis, dans une position inconfortable. Aussi inconfortable que sa présence à ce pot de départ improvisé. La douzaine d'employés ici présents fêtaient le début de leurs vacances. Tout le monde à cette heure était officiellement en congé, sauf lui. Il allait rester de permanence pendant l'été. Il n'avait pas ses filles pour les vacances cette année. Elles étaient parties passer tout juillet et août en Californie, d'où le nouveau mari de leur mère était originaire. Un connard bourré de fric.

Il enviait ses collègues qui bavardaient joyeusement, rivalisaient sur leurs destinations de vacances en piochant à pleines mains dans les paquets de bonbons et de cacahouètes qu'il n'osait pas toucher. Il commençait pourtant à avoir faim, mais comme il se trouvait trop gros, il avait honte de manger en public.

Il sursauta à l'irruption devant lui du visage rougeaud du Directeur Commercial déjà ivre.

« Alors, Boulay ! Qu'est-ce que c'est que ce verre vide, vous pourriez vous faire virer pour ça ! Allez hop, champagne ! »

Il lui versa à ras bord un vin blanc pétillant premier prix.

« Merci, merci, murmura Claude juste avant que le verre ne déborde.
- Bon il débouche les chiottes ce pinard : âpre mais efficace ! Et faut bien que vous fassiez le plein dès maintenant si vous devez passer tout

l'été ici hein ! » rugit-il, hilare, en lui envoyant un coup de coude qui fit s'éclabousser la moitié du mousseux hors du gobelet.

Vingt minutes plus tard, Claude descendit à pied les quatre étages. Le brouhaha de la petite fête s'éteignit pour de bon lorsqu'il traversa la cour. Il récupéra son vélo et croisa la concierge qui rentrait dans l'immeuble avec son caddie en toile cirée.
« Au revoir Madame Armand.
- Bonnes vacances, Monsieur Boulay.
- Non, je serai là lundi, bon week-end » rectifia-t-il en enfourchant son vélo.

Il pédala une dizaine de minutes jusqu'à son quartier et s'arrêta pour faire quelques courses au Félix Potin. Il se souvint qu'on était vendredi et fit ensuite un saut chez le traiteur. Claude mangeait des plats surgelés ou en conserve tous les soirs, mais le vendredi, il s'offrait un vrai dîner. Un bon plateau repas devant le programme télévisé du vendredi, c'était son moment préféré de la semaine.

Claude entra dans son appartement, ôta ses chaussures et se précipita sur son répondeur qu'il mit en route. Il rangeait ses sacs de courses en tendant une oreille attentive.
« Bonjour Monsieur Boulay, c'est le Pressing 2000. Votre costume est prêt. À bientôt. »
Bip. Bip. Bip. Fin des messages. Claude balança son pack de yaourts au fond du réfrigérateur d'un geste plein de tristesse. Toujours pas de message de ses filles. Pas plus que de carte postale aux écritures enfantines dans sa boîte aux lettres. Seulement des factures. Le dernier coup de fil datait de leur arrivée aux

États-Unis une vingtaine de jours plus tôt. Quand il avait demandé à son ex-femme à ce que les jumelles l'appellent régulièrement, elle avait répondu d'un ton sec que les communications coûtaient cher, avant de raccrocher sans lui dire au revoir.

Échoué sur son canapé dans un ample short en coton, Claude regardait les humoristes de *La Classe* réciter leurs sketches sur FR3. S'ils parvenaient à lui arracher un rire léthargique de temps en temps, Claude n'était pas bon public ce soir-là. Il zappa sur TF1 et subit une épreuve d'Intervilles sans ressentir le moindre amusement. Il n'était vraiment pas dans son assiette. Il consulta sa montre en bâillant. Il était vingt-trois heures. Il n'allait pas tarder à aller se coucher. « Demain ça ira mieux », pensa-t-il. Il avait prévu d'aller au musée, et peut-être au cinéma.

***

Lundi 31 juillet 1989

Claude sifflotait dans la salle de bain ce matin-là. Il n'avait toujours pas eu de nouvelles de ses filles mais son vilain chagrin s'était estompé à l'idée de se trouver seul au bureau. Il pourrait arriver un peu plus tard, sortir un peu plus tôt. Il n'aurait plus à se presser, ni à avoir Monsieur Révillon sur le dos. Son patron avait la manie de lui tomber dessus à n'importe quel moment de la journée avec tout un tas de tâches imprévues car il savait combien Claude était une bonne poire. Claude ne s'imposait jamais. Claude ne disait jamais non. Mais là, il ne l'embêterait plus pour le mois.

Il acheva de se raser et s'attaqua à sa coiffure. C'était le moment le plus délicat de ses rituels du matin. Il enduisait sa chevelure d'une crème capillaire fixante et voluminatrice et rabattait avec minutie la mèche qui dissimulait sa calvitie. Il plaquait le tout soigneusement avec sa paume jusqu'à ce qu'il soit certain que la mèche tienne bon. Puis il chaussait ses lunettes.

« Bon, là c'est plus possible », dit-il en enfilant son pantalon. Il avait de plus en plus de difficulté à fermer ses braguettes. Il avait grossi au cours de cette année. Comme pour venir en renfort au gras qu'il avait sur le ventre, deux bourrelets s'étaient installés sur ses hanches au fil des mois. Claude s'était persuadé que c'était provisoire, que la graisse allait finir par partir comme elle était venue. *Comme sa femme.* Mais ce matin, il se rendit à l'évidence. Il allait falloir qu'il achète de nouveaux pantalons avec une ou deux tailles de plus.

Il avait récemment été faire percer deux nouveaux trous dans sa ceinture Cerruti chez le cordonnier. Il ne pouvait cependant se résoudre à en acheter une autre. C'était sa femme qui la lui avait offerte à leur cinquième et dernier anniversaire de mariage. Peut-être pour se déculpabiliser de le tromper depuis deux ans avec son salaud d'Américain.

Il filait à travers les rues sans se presser, profitant du soleil généreux de la matinée. Mais Claude savait que quelle que soit l'allure à laquelle il pédalait, quel que soit le temps qu'il faisait, il finissait toujours par arriver à destination avec de larges auréoles sous les manches de sa chemisette. Et le vent, même inexistant, ne manquait jamais de faire se soulever sa mèche cache-misère.

Il gara son vélo dans le local, salua Madame Armand qui lui tendit le courrier de l'entreprise et s'engouffra dans l'ascenseur de très bonne humeur. Il se frottait les mains à l'idée de ces longues journées paisibles qu'il allait enfin savourer.

Il mit assez peu de temps à être déçu. Après s'être réjoui toute la matinée et avoir bouclé deux dossiers à l'importance toute relative, Claude avait commencé à s'ennuyer à peine midi sonné. Et cela dura jusqu'à la fin de la journée.

***

Mardi 1er août 1989

À quinze heures, Claude se rendit à l'évidence. Il s'ennuyait encore plus que la veille. Être seul au bureau, finalement, ce n'était pas drôle du tout. Pire, c'était triste comme la mort. Il s'était jeté comme un perdu sur le téléphone qui avait sonné trois fois au cours de la journée. Mais en dehors de ça, rien. Il n'avait rien à faire.

À ce point de désoeuvrement, Claude ne pouvait que penser. Des songes qui l'assaillaient, qu'il tentait de repousser mais qui revenaient à la charge car rien d'autre ne lui occupait l'esprit. Il pensait à ses filles qui lui manquaient. À sa femme qu'il aimait toujours. À Virginie qui n'était plus là, qui avait été sa seule compagnie depuis les trois premières parties. Il pensait à cette boule qui grossissait dans sa gorge depuis vendredi soir. Il tenta de la chasser, se forçant à se remémorer un souvenir joyeux qui ne soit pas entaché de douleur. Il se concentra, fouilla sa mémoire à la recherche de la dernière fois où il s'était senti heureux.

Il trouva un souvenir éligible mais qui ne parvint pas à le satisfaire. Cela s'était passé deux semaines plus tôt : il avait presque sauté de joie, oui, il s'en souvint, le jour où la caissière de son magasin de surgelés lui avait annoncé qu'ils lançaient enfin un programme de fidélité.

Madame Armand entra dans les locaux. Claude l'entendait s'activer dans la salle de réunion. Elle avait dû oublier sa présence, car elle ne vint pas le saluer.

Elle passa finalement devant le bureau de Claude et s'arrêta, déposant à ses pieds un large sac poubelle contenant les déchets du pot de départ du vendredi.

« Ah vous êtes là Monsieur Boulay, j'avais oublié.
- Bonjour Madame Armand, vous allez bien ?
- Aaaah », râla-t-elle en portant les deux mains à ses reins douloureux.

Madame Armand était une petite femme sèche d'une soixantaine d'années aux cheveux permanentés, et sur qui la ménopause s'était abattue avec toute la cruauté dont elle est capable. Elle était dotée d'un vif caractère et ne ravalait jamais une colère, même devant Monsieur Révillon sur qui il lui était déjà arrivé d'aboyer comme un soldat allemand. Et, par-dessus tout, bien plus que les confitures maison, bien plus que la broderie, sa véritable passion était de se plaindre.

« Vous avez vu le carnage dans la salle de réunion ? Regardez tout ce que je viens de ramasser ! Vos collègues sont d'un malpoli ! Ah je vous jure... Et avec mon mal de dos, faut encore que je me baisse pour ramasser leurs saletés. »

Claude hochait la tête, essayait de faire bonne figure, de prendre un air compréhensif. Ce que Madame Armand ne savait pas, c'était qu'il se donnait une contenance. Parce qu'à chaque fois qu'il acquiesçait, il redoutait de sentir ses yeux déborder. Il avait la gorge si serrée qu'il s'en serait fallu d'une syllabe articulée pour que les larmes s'échappent. Il se retint, s'encouragea à les contenir le temps que Madame Armand ait quitté la pièce. Et cette dernière poursuivait ses jérémiades :

« Parce qu'EN PLUS, ce bon Monsieur Révillon m'a demandé de profiter des bureaux déserts pour tout récurer à fond, derrière le frigo et au fond des placards. Avec MON DOS ! Moi je vous dis, cet homme-là n'a pas le sens des réalités. Il doit avoir dix domestiques chez lui, ce n'est pas possible autrement. Et le voilà qui me dit oui Madame Armand mais vous savez, vous serez TOUTE SEULE, il n'y aura PERSONNE... Ah oui c'est pas lui qui vient ramasser les gobelets par terre avec son beau costume bien repassé ! J'aime autant vous dire que je vais bien prendre mon temps, je ne vais certainement pas tout faire cette semaine, j'ai beaucoup trop de chantier, et puis avec ma belle-sœur qui vient pour les vacances... »

Claude continuait à acquiescer. Et ses larmes lui séchèrent à l'intérieur quand Madame Armand eut terminé de parler.

***

Jeudi 3 août 1989

Le ciel avait été gris et glacial ce matin-là. Il pleuvait sans discontinuer depuis l'heure du déjeuner. Claude s'était fait surprendre par la pluie et était revenu de la boulangerie trempé comme une soupe. Cela n'avait fait qu'aggraver son humeur maussade et sa tristesse. En plus de celle qui lui serrait la gorge depuis bientôt une semaine, il ressentait une autre boule dans l'estomac. Il se trouvait noué de partout.

À seize heures, le téléphone n'avait pas sonné une seule fois. Aucun fax, aucun courrier, pas le moindre dossier, rien qui puisse l'occuper et lui faire oublier. Cela faisait une heure qu'il regardait dans le vide assis à son poste. Il poursuivait ses réflexions de la veille.

« T'es qu'un pauvre type », résonna la voix de sa femme, loin dans ses souvenirs. Claude se mordit la lèvre. À l'époque, il s'était défendu, avait tenté de trouver une réponse pour lui clouer le bec et cela n'avait pas marché. Parce qu'elle avait vu juste. Sa femme avait eu raison, il s'en rendait compte aujourd'hui. Il n'était qu'un raté. Ceux qui réussissent leurs vies partent en vacances avec leur femme et leurs enfants. Il ne restent pas de permanence dans un bureau. Lui n'avait plus personne. Ses filles ne lui avaient même pas donné de nouvelles. Il était seul au monde. *À cause de sa salope de femme !*

D'impuissance, de rage, il abattit son poing sur la table. Le pot à crayons sursauta et répandit les stylos et crayons qui roulèrent sur le plan de travail. Et Claude éclata en sanglots.

La tête dans les mains, inconsolable, il pleurait tout ce qu'il avait retenu pendant des mois, des années. Il pleurait sa chatte décédée qui avait été tout ce qu'il lui restait. Il pleurait sa femme adorée, et ses filles qui l'oubliaient. Ses filles, dont sa femme lui avait dit un jour dans un accès de folie qu'il n'était peut-être même pas le père, qu'elle le trompait quand elle était tombée enceinte. Ses filles qu'il aimait par-dessus tout et qui lui manquaient à mourir.

Il mit du temps à se calmer. Trop de chagrin à rattraper. Il finit par relever la tête, les yeux rouges et la gorge sèche. Il ne sentait plus ces nœuds qui l'étouffaient encore une heure plus tôt. Soulagé, un peu hagard, il se redressa sur son fauteuil. Il considéra le contenu du pot à crayons renversé sur la table et les tria d'une main d'un geste machinal. En reniflant, il sépara les crayons des stylos, écarta les trombones, repoussa la règle et les ciseaux à part. Il aligna distraitement les six crayons à papier aux tailles inégales devant lui. Il eut soudain une idée quelque peu illogique, mais à laquelle il tenait néanmoins sans se l'expliquer : il écarta un crayon qu'il repoussa plus loin. Ainsi, il ne restait plus que cinq crayons alignés, et quelque chose en lui le persuadait qu'on aurait dit une main. C'était cela, son idée inconsciente. Les cinq doigts d'une main. Saisi d'une inspiration étrange, il remit ses lunettes et changea la disposition des cinq crayons. Le plus long au milieu pour le majeur, deux un peu moins longs de part et d'autre pour l'index et l'annulaire, et les deux plus petits pour le pouce et l'auriculaire. Claude se pencha sur son installation. Quelque chose ne le satisfaisait pas. Le pouce était trop long pour que l'on puisse vraiment comparer cette disposition à une main. Il saisit le crayon incriminé et enfonça la mine dans le taille-crayon.

« Ça sera bien mieux comme ça », dit-il tout haut en tournant la manivelle. Quand il pensa avoir réduit le crayon d'un bon tiers, il le sortit de l'appareil de torture et souffla sur les copeaux de bois qui volèrent sur le parquet.

« Voilà ! » triompha-t-il en levant la mine acérée à hauteur de son visage. Il déposa le crayon à la place du pouce vacant. La main était complète. Satisfait, Claude se laissa aller contre le dossier de son fauteuil pour contempler son œuvre. Lui qui fixait le vide encore une heure plus tôt se concentrait maintenant sur un alignement de fournitures. Perplexe, il considérait la main de bois en se grattant la tête.

« Il faudrait la terminer en reliant les doigts entre eux, sinon ce n'est pas une *vraie* main... »

Claude ouvrit ses tiroirs et fouilla à la recherche vaine d'un rouleau de scotch. Agacé et impatient, il se leva et parcourut le couloir jusqu'au bureau d'Anne-Laure. C'était elle qui commandait et stockait les fournitures de bureau pour toute l'entreprise dans une grande armoire d'acier. En principe, elle tenait un cahier où elle notait les dates, les noms de chaque employé, les fournitures qu'ils lui réclamaient et en quelle quantité. Il aurait dû lui demander la permission, en temps normal. Mais elle était en vacances : tant pis pour elle, il le lui signalerait à la rentrée si elle se rendait compte qu'il manquait un rouleau de scotch. Ce qu'elle ne manquerait pas de découvrir, car elle opérait régulièrement des inventaires de ses stocks. Il fit glisser la porte coulissante de l'armoire avec un petit frisson de transgression et loucha sur les étagères à la recherche du scotch. C'était un véritable trésor de pirate de papeterie, là-dedans. À faire pâlir d'envie les amateurs de fournitures de bureau. Des classeurs en veux-tu en voilà, des stylos de toutes les couleurs, un feu d'artifice de chemises cartonnées, une farandole d'intercalaires à vous donner le tournis. Claude trouva son bonheur dans une boîte où les dévidoirs de scotch étaient alignés comme une parade de l'armée. Il en saisit un, referma l'armoire si jalousement surveillée par sa collègue absente et retourna à son bureau, ravi.

Il fallut plusieurs tours de scotch aux extrémités des crayons pour les relier entre eux. Claude s'y employa soigneusement, avec toute la minutie que lui permettaient ses doigts épais. Cela fait, il secoua légèrement la structure pour vérifier que l'ensemble tenait bien. Ce fut le cas. Il venait de fabriquer une main. Il n'était certes pas payé pour fabriquer des mains avec du scotch et des crayons mais il n'avait rien eu d'autre à faire aujourd'hui.

Enfin, tout cela était bien beau cinq minutes mais il prit rapidement conscience que ce qu'il venait de construire n'avait pas grand intérêt. Il parcourut la pièce des yeux, de nouveau en proie à l'ennui. Il promena son regard de la fenêtre pluvieuse aux classeurs sur les étagères, du parquet usé au poste de travail du stagiaire. Il s'arrêta là. Il y avait une règle sur le petit secrétaire. Un quadruple décimètre en métal gris, avec une perforation à chaque extrémité. « Un bras, mais oui ! C'est ça qu'il faut ! » Claude s'empara de l'objet d'une main, saisit les doigts en bois de l'autre et réfléchit à comment les assembler. Il opta pour le scotch et se remit à l'ouvrage. Quelques tours d'adhésif plus tard, la main était reliée à la règle.

Assis derrière son bureau, Claude brandissait la règle comme un sceptre, avec les crayons qui pendaient mollement en son sommet. Ce geste lui donna une absurde sensation de puissance, il s'amusa à remuer l'objet çà et là, donnant à voix haute des ordres à des sujets imaginaires. « Toi, va faire la vaisselle. Écuyer, prépare ma monture. Gardes, jetez Monsieur Révillon au cachot ! » Puis il éclata de rire à cette idée. Il redoubla de rire à l'absurdité de ce qu'il venait de faire tout seul dans son bureau. Mais il était content, cependant, d'avoir su passer des larmes au rire en moins de... il consulta sa montre et sursauta. Il était dix-huit heures passées, il n'avait tout simplement pas vu le temps filer. Il balança sa maquette idiote dans son plus grand tiroir et partit.

Claude pédala le cœur léger pour rentrer chez lui. La pluie avait cessé, et un vent calme agitait comme un étendard sa cravate trop courte.

***

Vendredi 4 août 1989

Claude ôta sa veste en consultant le répondeur du standard et comprit qu'il aurait deux courriers à préparer dans la journée. Il entra dans son bureau et se mit au travail.
La tâche accomplie, il ouvrit le tiroir et en sortit le bras qu'il avait construit la veille. Il l'observa, à la fois amusé et agacé. Et le mélange des deux donnait une étrange sensation. *C'est bien mais c'est pas tout.* Il réfléchit. Il ne savait pourquoi il se sentait si frustré, mécontent de lui-même.
Il se redressa lorsque lui apparut ce qui semblait soudain une évidence. *Il en faut un autre !* La réponse au mal-être qui le gagnait depuis une demi-heure était là. *Il faut une autre main, avec un autre bras.*
Le téléphone émit une sonnerie stridente. Claude sursauta et partit répondre.
« Allô oui ?
- Bonjour Boulay.
- Bonjour Monsieur Révillon.
- Du nouveau ?
- Non. Enfin si : j'ai eu votre message ce matin. Les lettres sont parties.
- Impeccable. Attendez une minute. »
Claude devina que Monsieur Révillon avait couvert le combiné de la paume de la main et répondait à une voix féminine. Il tendit l'oreille et

devina qu'il était question d'une conversation autour du golf et qu'il était aussi question de plage.

« Bon, reprit-il dans l'appareil, je dois filer. Je viens de vous faire partir un fax. C'est un rapport qu'on m'a envoyé à l'adresse de ma maison de vacances et je n'ai pas le temps de le lire, j'ai autre chose à faire : pouvez-vous m'en faire une synthèse et me la faxer ici avant ce soir ?
- Bien entendu.
- Vous avez le numéro de fax de ma résidence ?
- À La Baule ? Oui, j'ai le numéro.
- Très bien, je vous remercie.
- Je vous en prie.
- À bientôt.
- Au revoir Mon... »

...sieur Révillon avait déjà raccroché. Claude en fit autant et se mit au travail.

Le fax fut envoyé vers seize heures. Claude s'affala sur son fauteuil et ouvrit enfin son tiroir. Il saisit la règle, examina sa construction. *À nous, maintenant.* Il poussa un soupir pour se donner de l'inspiration. *Tout d'abord, il me faut... des doigts.* Il fouilla son pot à crayons dans lequel il ne restait qu'un crayon à papier. Il était taillé pour devenir un index, ou un annulaire. Claude sortit un stylo à bille du pot. Ce serait parfait pour le majeur. Après tout, qui a dit qu'il ne fallait utiliser que des crayons de papier ? Les stylos à bille pourraient tout à fait faire l'affaire. *Oui, mais le problème des stylos à bille, c'est qu'ils font tous la même taille : on ne peut pas les tailler.*

Une nouvelle incursion dans le bureau d'Anne-Laure s'imposait. Claude s'y glissa avec moins de scrupules que la veille et ouvrit l'armoire à la recherche de la boîte qui contenait les crayons. Il n'en restait plus que deux. *Punaise, comment je vais faire ?* Claude s'empara des deux crayons. Il se souvint qu'il lui fallait aussi une règle. Il y en avait ici deux exemplaires de chaque taille. Il opta pour un quadruple décimètre en Plexiglas. Il s'apprêtait à refermer l'armoire lorsqu'il aperçut le rayon « bricolage » du placard. Il prit instantanément possession d'un rouleau de gros scotch brun et d'une pelote de ficelle. Le scotch allait sûrement être utile. Pour la ficelle, il en était moins sûr, mais il pourrait sans doute en avoir besoin. Dans le cas contraire, il la remettrait en place plus tard.

Il se rassit à son bureau et se remit à l'ouvrage. Il tailla les deux crayons neufs pour en faire un pouce et un auriculaire. Il ne manquait qu'un seul doigt. Un index. Claude se résigna à prendre un stylo à bille dont il inséra l'extrémité dans le taille-crayon. La manivelle demandait beaucoup plus de force pour tailler dans le plastique, un tel effort physique que Claude dut se lever et abattre tout le poids de sa main gauche sur l'appareil tandis qu'il forçait la manivelle de l'autre.

Après quelques minutes de labeur, Claude se rassit, essoufflé et transpirant. Il sortit le stylo du taille-crayon comme Arthur libérant Excalibur. Il était à la bonne taille.

Claude relia soigneusement les doigts de la nouvelle main avec du scotch, secoua la structure pour vérifier si elle tenait bon et la relia à l'extrémité de la règle en plastique. Il saisit le bras qu'il avait construit la veille, le souleva et en fit autant avec le nouveau. Il les compara. *Parfait.* Les deux semblaient assez symétriques, vus de loin. Il y avait quelques petites différences dues à l'hétérogénéité du matériel, mais cela ne choquait pas. *C'est très bien, très...* Claude fit un bond.

Son cœur en fit autant. Quelqu'un avançait dans le couloir.

Il jeta précipitamment ses créations dans le tiroir qu'il referma d'un coup sec avec son genou.

« Aie !
- Bonjour Monsieur Boulay.
- Bonjour Madame Armand. Je... je ne vous ai pas entendu entrer, grimaça-t-il en se massant le tibia.
- Vous vous êtes fait mal ?
- Non c'est rien ... Un geste brusque. Vous m'avez fait peur.
- Ah ? Je penserai à annoncer mon arrivée avec des trompettes la prochaine fois » répliqua-t-elle sèchement avant de tourner les talons.

Quelques secondes plus tard, le bourdonnement assourdissant du vieil aspirateur envahit les locaux. Claude sentit la douleur quitter sa jambe. Il rouvrit le tiroir et posa le nouveau bras sur ses genoux. Il examina à regret la main endommagée. Deux doigts s'étaient détachés du scotch lorsqu'il avait refermé le tiroir. *Je suis désolé, désolé...*

Posé là, disloqué, l'objet lui faisait pitié. C'était terriblement triste. C'était tellement... *fragile*. Il se sentait comme un gosse qui aurait cassé son jouet préféré lors d'un jeu trop brutal.

Claude resta ainsi, les yeux baissés sur sa maquette démolie. Quelque chose s'immisça dans son cerveau. Une étrange sensation. Il ne pouvait s'agir de télépathie, ce sont des histoires de bonnes femmes, et quand bien même cela serait réel, on ne communique pas avec des objets, mais Claude avait la sensation progressive que l'objet *ne lui en voulait pas*. Sensation qui devint certitude. Non, l'objet lui pardonnait sa maladresse, acceptait d'être cassé, *du moment qu'on le réparerait.* Et construirait entièrement. C'était cela. Claude déglutit, entre culpabilité et soulagement. L'objet demandait à être *construit.*

Claude le ressentait comme une mission sans pour autant se l'expliquer. Il ne cherchait d'ailleurs pas à se l'expliquer. C'était bien trop évident.

« Je vais m'occuper de toi, c'est promis », murmura-t-il à la règle en plastique.

***

Lundi 7 août 1989

Claude accéléra sur l'avenue. Lui qui roulait à allure paisible d'habitude était assez pressé ce matin. Il s'était même levé plus tôt alors que personne ne l'y obligeait. S'il se hâtait ainsi, c'est qu'il avait tout simplement hâte de poursuivre la construction de sa maquette. Il y avait pensé tout le week-end.

Il se dépêcha d'installer l'antivol sur son vélo et sortit du local à toute vitesse dans l'espoir de ne pas croiser Madame Armand dans la cour. Elle pouvait tout aussi bien prononcer un « bonjour » du bout des lèvres que se trouver d'humeur bavarde, on ne le savait jamais à l'avance. Il sursauta alors qu'il montait la première marche des escaliers.

« Bonjour Monsieur Boulay. Vous êtes bien pressé ce matin. L'ascenseur n'est pas assez rapide pour vous ?
- Oh ! Bonjour Madame Armand. Ahah ! Non non, mais j'essaye de faire un peu d'exercice en ce moment. Vous savez... quand on est assis toute la journée, on s'empâte.
- Ça, je ne saurais pas vous dire. J'aimerais bien être assise toute la journée, moi aussi,

figurez-vous. Mais j'en ai rarement l'occasion avec tout le bazar qu'il y a dans cet immeuble.
- Réjouissez-vous-en : ce n'est pas ce qu'il y a de mieux pour garder la ligne !
- Je m'en doute », dit-elle en le toisant.

Le sourire froid que Madame Armand esquissa n'atténua en rien son attitude méprisante. Blessé de ce sous-entendu sur son physique et pressé d'en finir, Claude s'éclaircit la gorge le temps de trouver le ton le plus sec et autoritaire dont il était capable.

« Bien, Madame Armand. Je dois vous laisser. Euh... J'ai du travail. À plus tard. »

Il lui tourna le dos sans attendre de réponse et grimpa les marches. Quand il eut atteint le premier palier, il souffla et se félicita de ne pas s'être laissé marcher dessus par la concierge.

***

Lorsqu'il eut réparé les doigts du bras endommagé, Claude réfléchit. Les bras devaient à présent être reliés à un corps. Les doigts croisés entre les genoux, il pivotait de droite à gauche, de gauche à droite, sur son fauteuil de bureau. Tandis que ses collègues étaient sans doute en train de se balancer dans des hamacs en se demandant sur quelles plages ils allaient bronzer l'après-midi, lui se berçait dans son fauteuil pivotant en se demandant quel objet choisir pour compléter sa maquette en matériel de bureau.

Las de son manque d'inspiration, il se leva et décida d'aller faire un tour dans les autres pièces. Il évita le bureau d'Anne-Laure. *Tu lui as pris bien assez de choses comme ça.* Il entra dans la salle de réunion. *Non, rien d'intéressant.* Il regagna le couloir et se rendit dans le bureau de Monsieur Révillon. Il hésita, décida que c'était une mauvaise idée. Il rebroussa chemin et poursuivit son inspection dans la salle des commerciaux. La pièce comportait six secrétaires équipés et relativement ordonnés. Il fit le tour des postes sans que rien ne l'inspire. Alors qu'il allait quitter la pièce découragé, il baissa les yeux. Il y avait là une corbeille cylindrique en métal d'une cinquantaine de centimètres de hauteur et d'une trentaine de centimètres de diamètre.

C'est parfait !

Il partit avec l'objet dans les bras et referma la porte.

***

Claude mit plusieurs heures à trouver une solution pour percer deux trous dans la corbeille. Il fallait deux perforations à chaque extrémité du diamètre du sommet pour y attacher les bras. Au début, il avait tenté de forcer le métal avec la pointe d'un stylo bille et n'avait réussi qu'à cabosser l'objet. Mais la paroi était fine, et en la travaillant avec la pointe d'une paire de ciseaux pendant ce qui lui parut une éternité, il réussit à crever le fer.

Il en résulta deux petits orifices inégaux et peu esthétiques, mais l'exercice avait été si pénible que Claude ne pouvait que se réjouir de ce rendu. Il touchait au but. *Les bras maintenant, les bras !*

Il prit la première règle et pré-découpa deux longs morceaux de ficelle. Il fit entrer le bout du fil à travers une perforation de la corbeille, le cœur battant. Il s'interrompit et ôta un instant ses lunettes pour essuyer la sueur sur son visage. Il n'avait pas prêté attention à la météo mais devinait qu'il devait faire chaud. Il remit ses lunettes et introduisit le reste de la ficelle dans la perforation du haut de la règle. Il fit plusieurs tours avec la corde, resserra le tout et fit trois nœuds qu'il décida de consolider avec un élastique. Le caoutchouc lui claqua les doigts alors qu'il l'étirait, lui infligeant un coup de fouet brûlant.

« Aiiiiiie ! Putain de ta mère sale connerie ! »

Il secoua sa main marquée d'une trace rouge et se redressa d'un coup. *Qu'est-ce qui me prend ?* C'était la première fois de sa vie qu'il s'exprimait avec autant de vulgarité. Il se choquait lui-même de ses propres propos.

« Bon, c'est rien, reprit-il d'une voix douce en attrapant une agrafeuse. Ce n'est pas grave, on va te mettre des agrafes, tu vas être parfait avec ça, tu vas voir. »

L'agrafeuse émit son violent écho de ressorts. Le premier bras était en place.

Claude répéta l'opération pour le second membre avec plus d'aisance.

***

Épuisé et ravi, Claude contemplait l'œuvre qui trônait sur son plan de travail, les mains derrière la nuque et les pieds sur la table. Une corbeille en acier avec deux bras, différents mais symétriques.

Regarde ce que tu as fait, tu peux être content de toi mon vieux, t'es un putain de génie tu sais !

Claude était si fier qu'il sentait une irrésistible envie de rire lui chatouiller les entrailles. Il éclata de rire et s'arrêta net en entendant une porte claquer.

« MONSIEUR BOULAY C'EST MOI !!! », s'égosilla Madame Armand depuis la porte d'entrée.

Vite, il ôta ses pieds du bureau et bondit de son siège. Il prit délicatement son personnage par la taille, le souffle court, il lui cherchait une cachette et se sentait gagner par la panique. Les pas se rapprochaient dans le couloir.

« Je vous signale que j'ai la délicatesse de vous prévenir pour pas que vous fassiez une attaque comme l'autre jour », déclara-elle en se rapprochant.

Lorsqu'elle apparut au seuil de la pièce avec ses chiffons dans les mains, Claude triait des papiers, l'air concentré, les joues un peu rouges. Il leva la tête et lui adressa un large sourire.

« Et je vous en suis très reconnaissant, Madame Armand. »

Cette dernière ne sut que répondre à cet excès de politesse et quitta la pièce en soupirant.

Claude attendit qu'elle se soit suffisamment éloignée et se retourna vers la porte encore entrouverte du petit placard mural. Il lui adressa un clin d'œil.

On a eu chaud hein ?

***

Mardi 8 août 1989

Le réveil avait sonné depuis cinq minutes mais Claude ne s'était pas encore levé. Il rabattit la couverture sur son visage. Ses filles n'avaient toujours pas appelé. Virginie n'était plus là pour grimper sur son lit aux aurores et ronronner pour lui réclamer son déjeuner. Depuis qu'elle était morte, il détestait se réveiller. Ce matin-là, il aurait voulu dormir pour toujours.

Il resta allongé encore dix minutes. *Je suis un raté...* pensait-il. *T'es un minable !* reprenait sa femme en écho. Puis il se souvint de la maquette qu'il avait commencée à construire. Il esquissa un pauvre sourire. Cette construction était la preuve qu'il savait quand même prendre des initiatives et accomplir des choses. Ce n'était sans doute rien de plus qu'un vulgaire tas de pacotille, mais cela lui redonnait un semblant de confiance en lui. Alors il avait une bonne raison de se lever aujourd'hui, tout compte fait. Il traîna ses pantoufles jusqu'à la salle de bain.

Il remarqua quelque chose d'inhabituel en se coiffant. Incrédule, il chaussa ses lunettes et avança encore plus près du miroir. Il passa et repassa la main sur son crâne. Il marqua une pause, un peu hébété, puis passa les doigts à l'intérieur de ses cheveux. Il ne rêvait pas : sa chevelure était plus épaisse, plus fournie. Ses cheveux avaient timidement repoussé, comme par miracle. Il était loin d'avoir retrouvé la masse capillaire de sa jeunesse, et même si cela ne sautait pas forcément aux yeux à première vue, son crâne était beaucoup moins dégarni que les jours précédents, que *les années précédentes*. Il n'avait presque pas à avoir honte de sa calvitie, tant elle s'était amoindrie. Il hésita à ne pas rabattre sa mèche laquée mais décida tout de même de la mettre en place. Après tout, cela faisait des années qu'il se coiffait ainsi, il avait l'habitude. Sortir sans se rabattre une mèche équivalait selon lui à sortir tout nu.

Il eut un second choc en fermant sa braguette. Il s'étonna d'avoir du jeu dans son pantalon. Il ôta le vêtement, vérifia qu'il s'agissait bien du sien, que la dame du Pressing 2000 ne lui avait pas refilé le froc d'un autre client plus gros.

Il examina l'étiquette qui lui confirma que c'était bien celui qu'il avait eu tant de mal à fermer la semaine passée. Il promena le plat de ses mains sur ses hanches et sur son ventre et constata qu'il semblait être un peu moins gras. Il trouva cela curieux. Il n'avait pourtant pas modifié quoi que ce soit à son alimentation. Il conclut le test en enfilant la ceinture Cerruti. Ce fut avec un cri de joie qu'il la boucla deux trous avant le dernier.

***

Claude entra dans son bureau à grands pas et ouvrit le placard. Une partie des doigts du personnage était tombée pendant la nuit, du fait de leur suspension à la verticale. Claude se rendit à l'évidence : le scotch n'allait pas suffire. Il resta à réfléchir debout et fut interrompu par la sonnerie du téléphone. Monsieur Révillon avait des projets pour lui. Il lui donna de quoi s'occuper autrement jusqu'en milieu d'après-midi.

***

Il avait enfin réussi à se libérer de ses tâches et à faire un saut au magasin de bricolage deux rues plus loin. Il revint dans les locaux avec un applicateur de joint dans un sac plastique aux couleurs criardes de Brico Futur.

Agenouillé sur le parquet dont il avait bâché une petite étendue en découpant le sac plastique, Claude appliquait le joint à l'extrémité des stylos pour les relier à leurs règles respectives. *Ça va être superbe, bien plus esthétique que ce foutu scotch. Et puis je te garantis que ça va tenir, ce coup-là. Je te parie sur mes filles que tu ne perdras plus un seul de tes doigts.*

Le téléphone sonna alors qu'il recommençait l'opération sur la seconde main. Il râla. Ça l'avait distrait, il avait bien failli faire déborder le joint et tout gâcher. Il ne répondit pas et se concentra de plus belle sur son ouvrage.

***

Mercredi 9 août 1989

À peine arrivé au travail, Claude alla immédiatement ouvrir le placard pour vérifier si le joint avait été efficace. Il poussa un long soupir de soulagement : les doigts de son personnage étaient désormais solidement reliés aux règles qui faisaient office de bras. Un souci en moins, il s'épongea le front et s'affala sur son fauteuil, contemplant la construction dans le placard entrouvert.

Plus tard, il se rendit dans la salle de réunion et s'approcha du tableau blanc. Il récupéra deux feutres et s'éloigna. *Il faut l'habiller.*

Claude installa le personnage sur son bureau et se pencha sur lui avec un feutre. D'une main tremblante, il traça un trait peu assuré sur la corbeille en métal. *Ah la la c'est moche !* Il n'avait pas besoin de cette expérience pour confirmer qu'il était un piètre dessinateur, mais il tenait absolument à dessiner un costume sur la corbeille. *Il a besoin d'un costume.*

Penché sur son ouvrage, Claude ne vit pas les heures passer. Il avait longuement hésité entre une cravate et un nœud papillon et trouvait qu'un nœud papillon était bien plus élégant. Il en avait porté un le jour de son mariage.

Tandis qu'il achevait de colorier l'intégralité du métal, il s'attaqua à l'espace vierge de couleurs à l'aide d'un correcteur blanc afin de donner l'idée d'une chemise immaculée. *C'est pas tout ça,* pensait-il en attendant que le liquide blanc durcisse sur le métal et commence à former une croûte qui s'écaillait déjà. Il souffla dessus pour accélérer le processus. *C'est pas tout ça, il manque une tête, maintenant. Et des jambes.*

***

Lorsque Madame Armand vint faire les carreaux, Claude, préparé, s'assit derrière son poste. Quand elle passa sa tête dans l'encadrement de la porte, il feignait de travailler consciencieusement.

« Madame Armand ! Comment ça va ? » dit-il sans lever le nez de ses papiers qu'il secouait ostensiblement. « Excusez-moi, je suis débordé.
- Ça va, ça va... Dites-moi, il manque une corbeille dans la salle, là-bas. Vous ne l'avez pas vue ?
- Hein ? Une corbeille ? Pas que je sache.
- C'est curieux, je l'ai vidée pas plus tard que vendredi, elle était bien là pourtant.
- Ahahah ! Le voleur de corbeille à papier a encore frappé, vous ne lisez pas les journaux ? » plaisanta-t-il en égalisant une pile de feuilles.

Madame Armand le contempla avec une expression dubitative. « Pas net, celui-là », semblait-elle penser. Pendant quelques secondes de tension, elle resta là, sans savoir que dire, puis elle aperçut le placard légèrement entrouvert.

« Ah, j'avais oublié qu'il y avait un placard dans cette pièce ! »

Claude sursauta.

« Quel placard ?
- Bah, celui-là, juste derrière vous.
- Oh, oui, bien sûr, un placard… J'avais oublié, moi aussi.
- Il va falloir que je le dépoussière.
- Non ! » objecta Claude en se levant. Il remarqua le visage surpris de la concierge et ajouta « Non, pas aujourd'hui : il est rempli à ras bord d'archives qui ne tiennent qu'à un fil. Il suffirait qu'on l'ouvre en grand pour que tout s'écroule. J'ai prévu de trier tout ça dans les jours qui viennent lorsque j'aurai du temps à tuer.
- Ah… très bien. Mais je ne comptais pas le faire aujourd'hui. J'ai déjà les carreaux à nettoyer, c'est bien assez de travail.
- Voilà, et moi je vous promets de m'occuper de ce placard dès que j'en ai le temps, Madame Armand.
- Très bien. Merci, Monsieur Boulay. »

La concierge s'éloigna. Claude alla ouvrir le placard.

C'est pas vrai ça ! On est jamais tranquilles.

***

Jeudi 10 août 1989

Il faisait déjà trente degrés au petit matin. Si bien qu'à peine sorti de la douche, Claude se trouvait déjà aussi transpirant qu'il y était entré. Il sécha ses cheveux et examina le dessus de son crâne dans le miroir. L'improbable se confirmait : sans qu'il n'ait eu besoin d'avoir recours à un quelconque traitement, sa calvitie disparaissait à vue d'œil. *C'est un vrai miracle !* Il sourit béatement à son reflet puis se reprit : il était temps de s'habiller. Il inspecta son armoire à la recherche de son pantalon le moins épais car la température allait grimper en flèche ce jeudi, d'après le bulletin radio du matin.

Il faillit cependant reposer le pantalon qu'il avait choisi sur son cintre. Cela faisait plus d'un an qu'il ne rentrait plus dedans. L'année précédente encore, il peinait à fermer les boutons. *Oh et puis on verra, j'ai un peu maigri apparement.* Il l'essaya donc. Il remarqua alors avec stupeur qu'il n'avait pas un peu, mais beaucoup maigri. Le pantalon était au moins deux tailles trop grand. *Nom d'un chien mais c'est dingue...* Sans prendre le soin de refermer sa braguette, Claude courut jusqu'au placard de l'entrée en retenant le pantalon qui lui glissait sur les chevilles. Il faillit trébucher en atteignant la porte du placard qui renfermait les manteaux. Il l'ouvrit. La porte intérieure était recouverte du seul miroir de plein pied de l'appartement. Il resta figé, debout devant la glace, durant quelques longues secondes de stupéfaction.

« Je suis un mannequin ma parole ! », s'exclama-t-il en tâtant ses bourrelets qui s'étaient considérablement réduits. Il se retourna pour admirer son profil et son ventre devenu plat. Il songea à interrompre son émerveillement pour consulter sa montre et sursauta : il était déjà neuf heures. Il courut finir de se préparer.

Avant de sortir, il se pressa d'aller fouiller dans le placard à outils. Il prit avec lui la petite perceuse qu'il rangea dans un cabas pour le voyage. Il avait une idée en tête qui le mettait en joie.

***

Madame Armand le héla à son arrivée dans la cour pour lui remettre le courrier. Il bredouilla un remerciement en lui prenant les lettres des mains et prit l'ascenseur dans lequel il les tria à la va-vite pour économiser du temps.

***

Claude suait à grosses gouttes. Le thermomètre avait grimpé au fil des heures et il faisait quarante degrés depuis le début de l'après-midi. Allongé sur le dos, il achevait de dévisser le pied à roulettes d'une chaise pivotante. Il avait été la choisir dans la salle de réunion. S'il jetait discrètement le dossier dans le local poubelle, personne ne s'apercevrait de la disparition de ce fauteuil. *Faudra juste que cette fouine de concierge vienne pas fourrer son grand pif au fond de la poubelle.* Il avait juste besoin du pied. *Ça fera pas comme deux vraies jambes, mais au moins, il pourra rouler.* Armé d'un cruciforme, il arriva à bout de la troisième vis qui lui tomba sur le front avant d'atterrir et de rouler sur le parquet.

Il resta allongé sur le sol un instant. Il reprenait son souffle. Il passa l'index sous la monture de ses lunettes pour essuyer la transpiration qui le brûlait. Il tendit la main pour saisir les vis et les serra dans son poing contre son cœur qui battait à toute vitesse. *C'est pas fini. Pas encore. Tu te reposeras plus tard.* Il finit par se relever lourdement avec des gestes aussi désynchronisés que dépourvus de grâce. Il plaça le pied de chaise et alla ouvrir le placard. La corbeille avec les bras était là. Et était prête. *Elle attendait.*

À nous, maintenant.

***

Claude ne pensait pas au bruit qu'il faisait avec la perceuse. Il ne songeait pas au fait que ce raffut inattendu puisse interpeller le voisinage. Son esprit et son corps étaient totalement focalisés sur son ouvrage. Les trous qu'il devait percer dans le fond de la corbeille faisaient plus qu'absorber sa concentration, cela l'absorbait tout entier. Fort heureusement pour lui, entre les habitants partis en vacances et les bureaux désertés pour le mois, il n'y avait personne dans l'immeuble. Et la concierge ne pouvait sans doute pas entendre le vacarme depuis le rez-de-chaussée. Ce faisant, il n'entendit pas le téléphone sonner.

***

Vendredi 11 août 1989

« Il va bientôt falloir aller chez le coiffeur » annonça Claude, ravi, au miroir de la salle de bain. Ses cheveux s'étaient encore épaissi. Si bien que ce jour-là, il renonça à rabattre la mèche qui sauvait son apparence depuis des années. Il avait une sensation à la fois grisante et terrifiante. Il se sentait... *libre*. Et ça l'étourdissait.

Il boucla sa ceinture au deuxième trou. Même neuve, il n'avait jamais pu la serrer autant. Mais à présent, il avait du jeu.

***

Debout devant le placard ouvert, Claude réfléchissait. Il manquait une tête, et ce serait parfait. Il se mit à faire les cent pas dans la pièce étroite, passant et repassant, faisant grincer le parquet avec la régularité d'une horloge. Il transpirait abondamment.

Il s'arrêta net. Il se demanda pourquoi il n'y avait pas pensé plus tôt. *La mappemonde.* C'était comme si quelqu'un venait de le lui souffler à l'oreille. La mappemonde dans le bureau de Monsieur Révillon. Il quitta la pièce à grands pas.

Le globe était bien là, en haut de l'étagère derrière le grand plan de travail en chêne. Couvert de poussière entre une boîte d'archives et une lampe halogène enroulée dans son propre câble. Claude avait toujours aimé cet objet. Il n'avait jamais quitté le sommet de l'armoire de ce bureau depuis toutes ces années où Claude travaillait dans cette entreprise. Personne ne semblait y porter le moindre intérêt. Cette sphère demeurait comme invisible, transparente aux yeux de tous. Cela n'avait jamais été le cas de Claude. Il l'aimait, cette mappemonde. Il l'avait toujours aimée. Mille fois il s'était perdu dans sa contemplation lors d'interminables réunions où il n'avait pas à intervenir et qui parfois ne le concernaient même pas. Mille fois il avait laissé son esprit vagabonder sur ses continents poussiéreux et naviguer à travers ses océans. Tant d'heures passées les yeux absents à s'imaginer à tel ou tel endroit en compagnie de sa femme et ses filles, avant, et après qu'elles soient parties. Jusqu'à ce que Monsieur Révillon, ou un autre, interrompe ses rêveries avec une remarque acide ou une moquerie délibérée.

Claude poussa une chaise, ôta ses chaussures et escalada la table. Il prit la mappemonde entre ses deux mains. Il la brandissait pour mieux la voir. Une pluie paresseuse de poussière vint se poser sur son visage en nage.

Claude fixait la sphère à travers la fine pellicule de poussière qu'elle avait déposé sur ses lunettes. Son sourire s'élargit. Autant que cette lueur qui naissait dans ses yeux, qui avait quelque chose de dément. *Tu vas être ravie du sort que je te réserve. Tu vas enfin être reconnue à ta juste valeur.*

Il redescendit de la chaise, la mappemonde dans les bras et quitta la salle. Il oublia de remettre ses chaussures.

***

Le téléphone sonna alors qu'il déposait le globe terrestre sur son bureau. Il alla vers l'appareil en râlant et répondit d'un ton agacé :
« Oui, allô ?
- Boulay ?
- Lui-même.
- Bonjour, c'est Monsieur Révillon... Vous ne m'avez pas reconnu ?
- Hein... Oh, si, bien sûr que si. Bonjour Monsieur. »

Il y eut un silence au bout de la ligne. Claude s'impatienta. Non content de le déranger, son patron se permettait de lui faire perdre du temps pour ne rien dire.

« Monsieur Révillon ?
- Oui, oui, je suis là.
- Bon. Que vouliez-vous me dire ?
- Vous allez bien, Boulay ? »

Claude resta coi un instant. *Ça alors...* C'était bien la première fois depuis qu'il travaillait pour lui que Révillon lui posait cette question. Il se sentait important, tout d'un coup. Bien sûr, il avait bien remarqué qu'il changeait, ces derniers jours, et peut-être que cette métamorphose imperceptible allait aussi changer son rapport aux autres. Car peut-être qu'à présent, pour la première fois de sa vie, il inspirait le respect.

« On ne peut mieux, je vous remercie.
- Bien bien... J'ai téléphoné hier, à plusieurs reprises.
- Ah ?...
- Tout à fait. Et vous n'avez pas décroché. Je me suis donc inquiété.
- Oh, je vois. Toutes mes excuses... J'ai pris rendez-vous avec un fournisseur à l'extérieur. Il n'est pas venu au premier rendez-vous et l'a reporté plus tard dans la journée. J'ai dû m'absenter plusieurs fois.
- Entendu. Tout va bien alors.
- Oui », répondit Claude en tapant impatiemment du pied. Ce faisant, il remarqua qu'il était en chaussettes. « Vous avez une tâche à me confier ?
- Non, je voulais simplement savoir s'il y avait du nouveau.
- Non, c'est très calme depuis quelques jours.
- Très bien. Dans ce cas, je vous souhaite un bon week-end.
- Merci, Monsieur Révillon, à... à vous aussi. Enfin non, vous êtes déjà en vacances, c'est vrai. Bonne... euh... bonne journée. »

**

Il se rendit à la boulangerie sous le soleil brûlant de midi. La ravissante vendeuse lui adressa un sourire radieux, ses dents parfaites étincelantes comme de la neige.

« Bonjour monsieur Boulay ! Vous avez bonne mine ! Vous avez passé de bonnes vacances ?
- Euh... non je ne suis pas... »

Il s'interrompit. Il comprit soudain l'étonnement de la jeune femme et son accueil. Et il était surtout très perturbé par ce dont il venait de se rendre compte. Toute la semaine, il avait tout bonnement *oublié* de déjeuner. Il tenait là l'explication de ce soudain amaigrissement. Il sentait son corps entier parcouru d'un frisson glacial. Il balaya l'expression d'anxiété qui s'étirait sur son visage d'un immense sourire jovial.

« Oh, bien sûr : les vacances ! Pardon, je suis un peu distrait, depuis que je suis rentré j'ai du mal à reprendre le rythme ! ... Oui en effet, je suis parti une semaine avec mes filles et mon épouse. Je les ai emmenées à la mer, c'était vraiment formidable. »

Il y eut une montée brûlante de joie dans son cœur en élaborant ce mensonge. Parce qu'en l'articulant de façon si assurée, il y croyait presque, c'était comme si c'était vrai, comme s'il était vraiment parti avec elles.

Il commanda un jambon beurre et une tartelette aux fraises. Il sortit de la boulangerie et pressa le pas en direction de Brico Futur. Il parcourut les rayons à la recherche d'un pot de peinture blanche et d'un grand pinceau.

***

Claude avait recouvert son plan de travail de papier journal et posé le sandwich dans lequel il avait mordu sur le coin de la table. Puis il l'oublia. Il posa la mappemonde sur le papier, s'installa et commença à y appliquer la peinture. Minutieusement, retenant son souffle, il recouvrait les pays, effaçait les frontières, dissimulait les océans sous une couche blanche. Lorsque la peinture serait sèche, il n'aurait qu'à libérer le globe de son socle à pied.

D'une main, il remit en place ses lunettes qui glissaient sur son nez à cause de la transpiration. *Merde, quel con !* Il venait d'imprimer son empreinte digitale sur le verre gauche avec la peinture. Il ôta vivement les montures et les posa à l'écart. Il les nettoierait plus tard avec un produit dissolvant. Tant pis s'il voyait moins bien pour peindre ; il ne pouvait pas se permettre d'endommager son unique paire de lunettes.

Il revint vers son ouvrage en plissant les yeux, le bout de son nez touchait presque la sphère et les effluves de peinture s'infiltraient douloureusement dans ses sinus. Au bout d'un long moment, incommodé par l'odeur trop forte, il se redressa pour faire une pause et prendre une bouffée d'air frais. Autant que le permettait la canicule qui sévissait sur la ville. Alors qu'il inspirait et expirait profondément, il vécut un moment de forte confusion. *Qu'est-ce que...* Il cligna plusieurs fois des yeux en fixant le mur d'en face. Il promena son regard à travers la pièce avec une étrange sensation. Il bondit sur ses deux pieds lorsqu'il comprit ce qui clochait. Ou ce qui ne clochait plus : il y voyait très clair. Sa vue semblait parfaite. Sans l'avoir voulu, il lui semblait avoir déchiffré malgré lui quelques caractères imprimés du papier journal taché de peinture. Des caractères minuscules.

Encore incrédule, il sortit dans le couloir à pas prudents. Il traversa les locaux le cœur battant de plus en plus vite, en marchant de plus en plus vite, comme affolé, saisi de vertiges. Il parcourut les différentes pièces, alla jusqu'au bureau de Monsieur Révillon et regarda par la fenêtre. Il voyait nettement la façade de l'immeuble d'en face, la vieille dame qui contemplait la rue depuis son balcon, et les motifs du papier peint mauve à l'intérieur de son appartement.

À ce moment-là, Claude fut parcouru d'un rire incontrôlable. *Je vois clair ! Je vois CLAIR bordel ! C'est incroyable !*

Il revint à son bureau en dansant dans le couloir.

***

L'orage avait éclaté depuis une heure quand Madame Armand franchit la porte de l'entreprise. Dans sa violence, l'électricité avait été coupée. Il s'était passé quelques minutes avant que la lumière artificielle n'éclaire à nouveau les locaux. La concierge traversa le couloir en râlant tout haut pour aller saluer Claude. Ce dernier prenait des notes, penché sur un bloc de papier. Il leva la tête vers elle. Elle eut une expression de surprise. C'était la première fois qu'elle le voyait sans ses lunettes. Sa coiffure aussi semblait différente de d'habitude. À peine s'attarda-t-elle sur ces détails qu'une autre chose attira son attention. Elle renifla.

« Ça sent la peinture, remarqua-t-elle.
- Bonjour Madame Armand. »

Elle le toisa avec circonspection, sans lui rendre la politesse. Il y eut un éclair.

« D'où cela peut-il venir ?
- Si vous voulez mon avis, cela vient de l'immeuble en face, dans la cour. J'ai cru comprendre qu'il faisaient des travaux. Il doivent sans doute rafraîchir un appartement. En tout cas, j'ai entendu des bruits de perceuse hier.
- Ah c'est vrai, il m'a semblé aussi entendre du raffut... »

Claude lui souriait sans ciller. Sans qu'elle ne sache pourquoi, ce sourire, l'expression tout entière du visage de Monsieur Boulay la mettait mal à l'aise. Elle se reprit et déclara d'un ton sec :

« Bien, Monsieur Boulay, je vous laisse travailler, je retourne à ma poussière.
- À tout à l'heure, Madame Armand. »

Claude sourit lorsqu'elle s'éloigna. Il sourit parce qu'il *savait*.

Son secret était rangé dans le placard, et il était désormais doté d'une grande tête chauve. Sur la corbeille de métal d'où pendaient ses bras était posée la sphère blanche où deux yeux avaient été dessinés au feutre. À leurs extrémités, deux trous dans lesquels Claude avait enfoncé les branches de ses lunettes désormais inutiles. Le personnage portait des lunettes. Un éclair passa et s'infiltra juste dans le placard. Il éclaira un large, très large sourire dessiné au feutre noir.

***

Claude fut douché par la pluie dès les premières secondes où il enfourcha son vélo. Il pédala sous l'orage. Il était trempé jusqu'aux os mais cela n'avait aucune importance. Il pédalait pour la première fois sans ses lunettes.

Et il était heureux.

***

Samedi 12 août 1989

Claude sortit de son appartement et commença à arpenter la grande rue commerçante. L'orage avait cessé durant la nuit et un soleil monstrueux asséchait les trottoirs depuis le petit matin.

Il entra dans plusieurs boutiques, fit les essayages de rigueur et acheta trois nouveaux costumes, et un bluejean à sa taille pour les week-ends. Il flâna tout l'après-midi, le sourire au lèvres, et s'arrêta souvent pour admirer sa nouvelle silhouette dans chaque miroir croisant son chemin indéfini. Il eut tout le loisir de se contempler en poussant la porte d'un salon de coiffure pour hommes un peu chic. *Autre chose que chez ces prolos de Diminu'tifs...*

Tandis que le coiffeur sculptait une coiffure inédite dans sa nouvelle masse capillaire, il ne quitta son reflet des yeux. Ses yeux sans lunettes.

Il alla s'acheter un grand cornet avec trois boules de glace en sortant et s'assit sur un banc à côté de ses sacs. Il savourait cette journée. Il se sentait comme un autre. Comme un nouveau Claude. Un homme sûr de lui et séduisant. Chose qu'il ne se serait jamais cru capable d'oser un jour, il se permit d'adresser un petit clin d'œil à deux jeunes femmes qui passaient devant le banc. « Salut, les filles ! » Les mots s'étaient échappés de sa bouche avant même qu'il ne pense à les formuler. Les deux passantes se retournèrent puis échangèrent entre elles un regard interrogateur avant de pouffer discrètement et de s'éloigner.

Claude ne le prit pas comme un échec, mais comme une sorte de révélation : il sentait qu'il pourrait bien plaire aux femmes. Et à sa femme en particulier. Quand elle le verrait à nouveau avec les filles, elle risquerait peut-être de craquer, de se sentir désolée et de quitter son abruti d'Américain pour revenir à la maison avec les jumelles.

Et si ce n'était pas le cas, il élaborerait un plan de bataille pour la reconquête de sa femme. Et si cela ne marchait pas non plus, il plairait peut-être à une autre femme. Peut-être même plus jeune et plus jolie. Et là, sa femme, jalouse, finirait par revenir.

Il réfléchit à tout cela et se dit qu'autre chose lui manquait, désormais, un autre être caché dans le placard de son bureau.

Et il avait hâte de le retrouver.

***

Dimanche 13 août 1989

Claude se retournait dans son lit depuis des heures. Il n'arrivait pas à trouver le sommeil tant il était impatient à l'idée de retourner au bureau le lendemain.

Il avait plu toute la journée. Des trombes d'eau s'étaient abattues sur les trottoirs et avaient fait déborder les caniveaux. Claude était allé se réfugier au cinéma. Il avait vu quatre films d'affilée. Il s'était senti un peu étourdi en sortant de la dernière séance, en revenant à la réalité. Mais ça valait le coup. L'un des films était extrêmement comique. Et Claude avait tellement ri, c'était tellement drôle qu'il s'était étonné que la vieille dame du siège d'à côté l'ait regardé bizarrement.

***

Lundi 14 août 1989

Claude se trouvait plus séduisant que jamais, ce matin-là devant la glace. Il se précipita hors de chez lui. Un livre cartonné pour enfant dépassait de sa poche.

***

Il était fort nerveux, assis derrière son poste. Il essayait vaguement de travailler mais ses mains tremblaient, et il peinait à se concentrer.

Il avait pensé toute la nuit à ses retrouvailles avec le personnage du placard, *sa création*. Mais Madame Armand avait décidé de s'activer dans les locaux ce matin, et la seule chose qui lui fut possible fut d'ouvrir brièvement le placard pour constater la présence de son personnage, puis de le refermer avec un soupir chargé d'ennui et de culpabilité. *Ce n'est pas grave, Claude. Tout va bien.*

La concierge entra avec une bouteille de détergent dans les mains.

« Au fait, Monsieur Boulay, avez-vous rangé votre placard ?
- Le placard ? fit-il d'un air innocent. Quel placard ?
- Celui-ci, juste derrière vous. On en a parlé l'autre jour, il était question que vous le rangiez pour que je le nettoie.
- Ah oui ! Bien sûr, le placard ! Oh Madame Armand je suis confus, j'avais pourtant bien commencé mais j'ai eu des dossiers à la pelle qui me sont tombés dessus. Je n'ai tout simplement pas trouvé le temps de continuer.
- Bien sûr, pardon. Moi là-dedans je suis la bonniche qui doit attendre votre bon vouloir pour pouvoir faire son travail correctement parce que vous êtes un intello et que vous êtes prioritaire ! »

Claude déglutit. Pris de panique durant quelques secondes, il se leva comme un automate. Il contourna son bureau et s'approcha de la concierge. Elle eut un léger mouvement de recul mais n'osa pas s'écarter pour autant. Mais Monsieur Boulay continuait de s'approcher. Il se campa devant elle. Près, très près. Et il prit le visage de la concierge entre ses mains. Il avait une lueur étrange dans les yeux, entre l'excitation et la sérénité. Deux expressions qui s'annulaient. Son visage transpirait. Une goutte de sueur qui perlait de ses cheveux roula sur son front. Il ne l'essuya pas. Car il tenait le visage de la concierge dans les mains.

« Écoutez, Madame Armand. Je suis bien embêté pour vous, c'est de ma faute et je m'en excuse. Mais je vous promets - regardez-moi dans les yeux - je vous promets que je ferai le nécessaire d'ici la fin de la semaine. »

Il avait parlé comme un homme politique, sur un ton de candidat à une quelconque élection. Il continuait de la fixer de ses yeux fous. Madame Armand dégagea doucement son visage de ses doigts épais et recula d'un pas. Son cœur battait à un rythme effréné après coup. Elle avait eu l'impression totalement absurde qu'il allait l'embrasser. Son souffle soulevait sa poitrine fatiguée.

« Très bien, Monsieur Boulay. Je vous laisse travailler. » dit-elle d'une voix ferme quoique légèrement tremblante. Claude la regarda sortir de la pièce d'un pas vif. Elle parcourut le couloir. Elle n'aurait su expliquer pourquoi, mais Monsieur Boulay lui faisait peur.

Aussi prit-elle soin de rester à l'écart de son bureau le temps qu'elle resta à nettoyer les locaux.

***

Assis sur son fauteuil, le livre cartonné posé sur ses genoux, Claude dessinait des oreilles de chaque côté du globe peint en blanc. Il s'inspirait d'un croquis dans le livre pour enfant.

« C'est le livre préféré de Julie », expliquait-il au personnage d'une voix qui manquait de souffle. « Je le lui avais offert quand elle est rentrée en maternelle. Elle a appris à dessiner avec ce bouquin. Fallait voir comme elle était mignonne, comme elle s'appliquait à essayer de reproduire les formes avec ses crayons de couleurs. Victoire n'aime pas trop dessiner, elle. Elle préfère la danse. Elle adore la danse, elle en fait depuis petite, elle fait même des compétitions. Elle est tellement adorable quand elle fait ses pointes. J'ai vraiment hâte de te les présenter toutes les deux. Tu vas vraiment beaucoup les aimer, j'en suis sûr. »

Tandis que l'encre qui dessinait les oreilles séchait, Claude s'occupa des ongles de son engin. Il taillait la pointe du dernier crayon lorsque le téléphone sonna.

« Bonjour Boulay. Il y a eu du courrier aujourd'hui ?
- Bonjour Monsieur Révillon. Non, Madame Armand ne m'a rien donné.
- Ah... J'attendais un document à renvoyer à mon assureur. Ça m'ennuie qu'on ne l'ait pas reçu pour le poster aujourd'hui. Vu que demain c'est férié, ça va encore traîner, cette histoire. Enfin bon, quand on compte sur des incapables... »

Claude avait sursauté au mot *férié*. Il n'y avait pas pensé, il l'avait même carrément oublié. Il ne devait pas venir demain. Il allait devoir laisser le bonhomme tout seul. Il fut saisi de frissons et serra plus fort le combiné du téléphone.

***

Il était déjà dix-neuf heures passées lorsque Claude consulta sa montre. Il n'avait cessé de réfléchir à une solution depuis qu'il avait raccroché avec son patron. Il n'en avait trouvé aucune. Il ne pouvait pas partir et laisser seul son personnage dans son placard. La concierge viendrait en son absence, il en était certain. Il n'était plus en sécurité dans le placard. *Comment faire ?* Il fallait le mettre à l'abri, que personne ne le découvre. On le détruirait, sans doute, on le mettrait en pièces si on le trouvait. On le jetterait aux ordures et il ne le reverrait jamais. Son œuvre, sa vie, l'expression de son génie, la plus belle chose qu'il ait accomplie depuis que ses jumelles étaient venues au monde. Ce n'était pas possible. Il avait la bouche sèche et les mains moites, les yeux hagards. *Que faire ?* Il ne pouvait pas l'emmener chez lui, il était beaucoup trop voyant, trop volumineux pour passer inaperçu. *Je vais rester ici cette nuit*, décida-t-il. C'était la première solution.

***

Il ne sortit pas pour acheter de quoi dîner. Il craignait de croiser la concierge dans le hall. Par chance, il n'avait pas faim.

Vers vingt-deux heures, Claude éteignit la lumière et s'allongea sur le parquet, sur le côté, devant le placard ouvert.

Depuis la cour, la lune éclairait le visage inquiétant du personnage.

Bonne nuit, Claude, dit une voix dans le placard.

***

Mardi 15 août 1989

Claude se réveilla en sursaut. L'absence de volets et de rideaux l'aveuglait de lumière. Il ouvrit les yeux et s'agita, il ne savait plus où il était. Il reconnut la pièce, se souvint de la raison pour laquelle il avait dormi par terre et se mit à rire. Il était rassuré.

Bonjour Claude. Le personnage chauve lui souriait. Puis il rit de concert avec lui. *On les a bien eus !* Personne n'était venu.

***

Claude étouffait dans les locaux. Il déboutonna sa chemise. Et s'assit en tailleur devant le placard.

Tu crois qu'elle va venir, l'autre connasse ? ... Non. Non c'est férié. Oui tu as raison. Elle est sûrement à la messe. Ou en famille. Et puis nous aussi, on est entre nous. C'est beaucoup mieux comme ça. Personne ne va nous séparer de toute façon. Tu en es sûr ? Oui. Tu le promets ? Je te promets.

***

Il était dix-huit heures et Claude était resté assis face au placard ouvert toute la journée. Il savait qu'il devrait encore dormir ici ce soir. S'il sortait pour rentrer chez lui et que Madame Armand le croisait dans le hall, il serait foutu. Elle raconterait tout à Monsieur Révillon et ils iraient fouiller son bureau. Il avait la tête qui tournait. Il était à jeun depuis la veille. Il n'avait pas faim mais il fallait qu'il mange pour ne pas s'évanouir. Il ne pouvait pas se permettre de s'évanouir. *Il avait besoin de lui.* Pas question de sortir non plus. Il se dirigea dans la petite cuisine, son mobilier en Formica, ses chaises qui grinçaient et son évier qui gouttait éternellement. Il ouvrit le réfrigérateur dont le joint était fichu depuis des années. Il n'y avait qu'une bouteille d'eau entamée, un long cheveu brun, des miettes de pain et des traces de doigts sur le Plexiglas. Il se releva et ouvrit les placards. Rien. Juste des éponges sales et dures et des produits détergents. *Nom d'une pipe c'est pas vrai...*

Il fallait pourtant qu'il mange et il ne pouvait pas prendre le risque de sortir. *Très bien, allons-y.* Il rouvrit le réfrigérateur et racla les miettes pour les faire tomber au creux de sa main. Il saisit le cheveu qu'il avait attrapé par mégarde entre le pouce et l'index et le laissa tomber au sol. Puis il goba les miettes.

Il alla se laver les mains sous le filet d'eau fuyant de l'évier. Il se savonna méticuleusement et stoppa d'un coup son nettoyage. Il porta le savon à hauteur de ses yeux pour l'examiner. Il l'observait comme s'il venait d'en faire la découverte pour la première fois de sa vie.

Il ne réfléchit que très peu de temps avant de se décider à le manger.

***

Claude était étendu depuis plus de deux heures sur le parquet. Il avait éteint la lumière. Allongé sur le côté, il regardait les étoiles par la fenêtre. Ses yeux allaient des étoiles à son ami rangé dans le placard.
On trouvera une solution demain.
Oui, bonne nuit Claude.

Au même moment dans l'appartement de Claude, le téléphone sonna dans le vide et déclencha le répondeur. La sonnerie retentit à nouveau quelques instants plus tard. Et cette fois, il y eut un message. Il résonna dans le salon désert.

« Papaaaaaa !!! C'est Victoire.
- Mais pousse-toi, donne le téléphone. Maman a dit qu'on parlerait toutes les deux.
- Laisse-moiiiii ! Maman !!! Julie elle veut me prendre le téléphone !
- Les filles vous vous calmez ! sévit une voix de femme autoritaire. Vous laissez le message et vous raccrochez, ça coûte cher le téléphone !
- Papa c'est Julie. Tu me manques, mon petit papa.
- À moi aussi, renchérit Victoire.
- Mais à moi encore plus.
- Et moi je t'ai acheté un cadeau d'Amérique.
- Non : nous deux on t'a acheté un cadeau avec notre argent.
- Les filles ça suffit, vous raccrochez maintenant !
- Vite, donne le téléphone... Au revoir mon petit papa.
- Au revoir papa, je t'aime.
- Et moi je t'aime encore plus. »

***

Mercredi 16 août 1989

Claude ouvrit les yeux. Son cœur s'accéléra quand il comprit qu'il était neuf heures passées. Il se leva et ferma le placard. Il boutonna sa chemise sale et fonça dans les toilettes pour se rafraîchir le visage dans le lavabo.

Tandis qu'il s'aspergeait d'eau glacée, il lui sembla entendre une porte claquer. Il se redressa, à l'affut. Il coupa le robinet et attendit en faisant face à son reflet blafard dans le miroir. Son cœur battait à un rythme insoutenable.

Il tendit l'oreille en vain. Il n'entendait pas de bruit. *Fausse alerte.* Il fit à nouveau couler l'eau et termina sa toilette.

C'est en sortant des cabinets qu'il entendit un petit grincement. *Le placard.* Claude sentit son sang le quitter. Il se rua dans le couloir.

Madame Armand se tenait devant le placard, la main encore sur la poignée. Claude se précipita dans l'encadrement de la porte et s'arrêta. Trop tard. La concierge l'entendit mais ne tourna pas la tête pour autant. Elle lâcha la poignée et resta bras ballants devant le placard. Elle semblait interloquée, déroutée. Elle ne devait pas comprendre ce qu'elle voyait.
Il y eut un long silence. La concierge semblait fascinée, hypnotisée par le personnage en matériel de bureau qu'elle avait en face d'elle. Cela prit un temps infini. Claude attendait une réaction, il pensait que Madame Armand allait se tourner vers lui avec un regard interrogateur. Mais il n'en fut rien. Elle fixait le fond du placard avec une expression indéfinissable.
Claude sentait son rythme cardiaque ralentir peu à peu. Il s'autorisa à expirer lentement, à se calmer. Une explosion d'espoir le gagnait. *Il était en train de communiquer avec Madame Armand.* C'était sûrement ça. Il était en train de la séduire. Ou de lui inspirer pitié. Alors elle comprendrait. Elle refermerait le placard avec un coup d'œil entendu à Claude et n'en parlerait jamais.
C'était sûrement ça.

Sans prévenir, un rire démentiel surgit de la gorge de Madame Armand. Un rire tonitruant, terrible, effrayant. Claude s'avança vers elle, prudemment, pour jauger cette réaction subite. Il arriva à ses côtés et se plaça devant elle. Elle riait aux éclats, intarissable, une avalanche de portées rauques qui résonnaient dans la pièce. Elle hurlait de rire, bouche grande ouverte, exhibant les plombages sur ses dents gâtées. Elle se moquait. Elle riait de lui. Elle se moquait d'eux. Terrifié, Claude haletait. La tête lui tournait soudain. Il voyait la concierge en double, elle était floue. Il percevait son rire comme un écho dans le cœur de l'enfer. Il fallait que ça s'arrête.

Claude abattit ses deux mains sur le cou de Madame Armand.
Puis, il serra.

***

Jeudi 17 août 1989

« Allô ? fit une voix d'adolescente.
- Bonjour. Je souhaiterais parler à Monsieur Révillon, s'il vous plaît.
- Attendez... Il est dans la piscine. Il vous rappellera. Qui est à l'appareil ?
- Ça ne peut pas attendre. Veuillez aller le chercher, s'il vous plaît. C'est la police.
- Hein ?!... Quittez pas. Papa !!!??? »

Le commissaire écarta le combiné. Le hurlement strident resta logé dans son tympan. Il entendit néanmoins des bruits de pas mouillés, une démarche précipitée. Puis une voix aussi alerte qu'étonnée.

« Oui ? Qui êtes-vous ?
- Bonjour Monsieur Révillon. Commissaire Xavier à l'appareil.

- Commissaire...? Qu'est-ce que ?
- Nous venons seulement de mettre la main sur votre numéro de téléphone de maison de vacances. Vous êtes bien le propriétaire de la société Sofisc ?
- Oui... Que se passe-t-il ? » s'impatienta-t-il, de plus en plus inquiet.

Le commissaire prit une lente inspiration et s'efforça d'articuler lentement.

« Madame Armand, votre concierge, a été retrouvée morte dans vos locaux.
- Madame Armand ? Mon Dieu c'est affreux... Que s'est-il passé ? Un infarctus ? Un...
- Non. Non pas du tout. Elle a été étranglée. C'est un meurtre. »

Monsieur Révillon s'assit. L'annonce était trop brutale, trop inattendue pour avoir les idées claires. Il imprima la marque de son maillot trempé de chlore sur l'accoudoir en tissu si fragile que sa femme avait choisi pour les canapés. Elle serait furieuse si elle le voyait. Elle serait de toute façon furieuse lorsqu'elle verrait la tache humide. Mais Monsieur Révillon était pour l'instant totalement éberlué. D'autant qu'on n'est sans doute jamais préparé à l'annonce d'un meurtre lorsqu'on est en slip de bain.

« Vous en êtes sûrs ? Ce n'est pas un canular ?
- Si seulement, Monsieur.
- Qui a fait ça ? Vous avez un suspect ?
- Nous avons identifié le coupable. Il s'agit de l'un de vos employés. Claude Boulay... Monsieur ?... Allô ? Vous êtes toujours là ?
- Écoutez, c'est absolument impossible. C'est un brave homme, pourquoi irait-il étrangler la femme de ménage ? Vous avez des preuves au moins ? À mon sens, le fait qu'il travaille seul dans nos locaux en ce moment est un peu léger pour le déclarer coupable !

- Nous avons retrouvé ses empreintes sur le cou de votre concierge. Il n'y a pas de doute possible.
- La vache... Mais c'est insensé ! Mais... et où est-il ? Vous l'avez mis en prison ? Écoutez, je vais prendre un train dans la journée, je vais venir à...
- Non. Ce n'est pas tout. Claude Boulay est décédé.
- Pardon ? »

Monsieur Révillon crut un instant qu'il vivait un cauchemar. À l'autre bout du fil, le commissaire lui ménagea une pause afin qu'il digère cette nouvelle annonce. Car après, il savait qu'il aurait encore une autre chose à lui apprendre. Quelque chose qui lui provoqua un haut-le-cœur en y repensant. La sensation désagréable de froid du maillot de bain mouillé de Monsieur Révillon lui confirma qu'il se trouvait bien dans la réalité.

« Qu'est-ce que vous me dites ?
- C'est un suicide. Monsieur Boulay a sauté par la fenêtre de son bureau.
- Par la fenêtre de...
- On l'a retrouvé dans la cour, le corps disloqué. Il est manifestement mort sur le coup. C'est son cadavre qui a été trouvé en premier lieu. Et c'est seulement après, en enquêtant sur sa défenestration, que l'on a retrouvé celui de Madame Armand.
- Donc, Claude Boulay a sauté après avoir étranglé la concierge et...
- Bon... euh, il y a encore autre chose que je dois vous dire.
- Quoi encore !? Un autre mort ??
- Non, non. Nous avons juste fait une découverte dans le placard de la pièce où s'est produit le drame.
- Mais encore ?

- Il y avait là un genre de... Comment dire ? Un genre de maquette.
- C'est quoi ce délire ?
- C'est un personnage factice qui a été construit avec du matériel de bureau. Bon, c'est bancal et mal fichu, mais visiblement, ça a été réalisé avec beaucoup de minutie.
- Bon, c'est absolument hallucinant ce que vous me racontez. Mais je ne vois pas de rapport avec le carnage.
- J'y viens. Madame Armand a été retrouvée étranglée, mais, disons... pas seulement.
- C'est-à-dire ?
- Bon, en fait, ce personnage, dans le placard. Il avait en guise de tête un globe peint en blanc avec une bouche, des yeux et des oreilles dessinés au feutre, et même des lunettes. De vraies lunettes.
- Je ne vois toujours pas le rapport entre ça, un assassinat et un suicide...
- Alors vous allez comprendre : il y avait des cheveux, aussi, sur le sommet du crâne de ce personnage. Des cheveux qui... »

Le commissaire s'interrompit longtemps. Monsieur Révillon suspendit son souffle.

« Des cheveux qui manquaient à Madame Armand.
- Je n'ose pas croire que... Enfin ? Vous voulez dire que...
- Oui. Elle a été scalpée... pour finir le personnage, il semblerait. »

Le commissaire ne pouvait plus parler. Il eut à nouveau la vision de ce personnage macabre qui le hanterait toute sa vie. Un globe blanc à lunettes, un large sourire noir et une perruque humaine et poisseuse, dégoulinante de sang. À quelques centaines de kilomètres de lui, à La Baule, Monsieur Révillon rendit l'intégralité de son copieux déjeuner sur ses sandales encore humides.

LE CHANT DES BALEINES

Elle n'entendait plus la musique d'ascenseur qui flottait dans la salle. Le silence anxieux qui s'installait dans sa tête en recouvrait les notes, lui vrillant aux oreilles. Il fut rompu lorsque August reposa son verre de bière sur la table. Il l'observa, l'air à demi inquiet, à demi résigné.

« Écoute, je n'en peux plus, prononça finalement Appoline.
- Tu veux qu'on arrête ? Qu'on se sépare ?
- Non... Pas spécialement.
- Alors quoi ?
- Alors rien, oublie. »

August se pencha au-dessus de la table pour lui prendre la main. Elle retira la sienne et s'empressa de la poser sur la banquette, hors de portée.

« Arrête Appoline, personne ne nous voit.
- Tu crois ?... Regarde le gars là-bas, regarde *ses yeux*.
- Tu es folle », lâcha-t-il en tournant la tête en direction d'un touriste à la mine fatiguée qui semblait attendre une consommation, accoudé au bar désert.

« Va chercher Jean s'il te plaît. On rentre, décida-t-elle.
- Très bien. »

August se leva et disparut dans le hall de l'hôtel. Cela faisait déjà quelques jours qu'ils n'avaient plus de conversations normales. Depuis peu, leurs échanges ressemblaient tous à celui-ci, des répliques confuses et des phrases laissées en suspens. Appoline avait les mains moites en permanence, la sensation de porter des gants humides et tièdes qu'elle ne pouvait retirer. C'était aussi pour ça qu'elle n'osait pas les donner à August. Parce que ses mains transpiraient.

Jean apparut à l'entrée de l'espace bar et adressa un petit signe de la main à Appoline qui se leva pour le rejoindre. August, fâché, s'était sans doute déjà enfermé dans la voiture. Comme à chaque fois qu'elle voyait arriver le garde du corps d'August, son air sérieux, sa coupe en brosse, son costume impeccable et sa carrure de géant, Appoline se sentit apaisée. Elle le suivit jusqu'aux portes à tambour d'un pas presque léger.

La voiture s'éloigna du Continental Hotel, vaste édifice d'architecture moderne perdu au cœur d'une banlieue huppée, au détour des boulevards anonymes bordés de platanes, juste assez proche de leurs lieux de travail respectifs et juste assez éloigné de l'agitation du centre-ville. Appoline et August s'y retrouvaient régulièrement pour y dîner ou déjeuner depuis leur rencontre. L'établissement, essentiellement fréquenté par des hommes d'affaires étrangers, était le seul lieu public où le jeune couple pouvait encore se rejoindre sans provoquer d'émeutes. C'était devenu leur adresse secrète officieuse. En six mois, personne n'était venu les importuner en cet endroit, et le personnel commençait à bien les connaitre. Appoline regarda l'hôtel disparaître par la vitre et pria en silence pour que ce lieu auquel elle s'était doucement attachée demeure le havre de paix qu'il était. Car elle avait récemment dû faire une croix sur son appartement.

Cela avait commencé par des lettres de menaces, d'admiration ou d'insultes qu'elle n'avait pas eu la témérité de lire. Elle s'était persuadée que ce n'étaient que des mots, rien de bien réel, et avait continué à rentrer dormir chez elle.

Jusqu'au soir où elle avait cru entendre des gens stagner sur son palier. Elle était partie se coucher, s'auto-persuadant qu'elle devenait paranoïaque. Elle s'était réveillée cette nuit-là, et s'était précipitée à la porte d'entrée. On essayait d'entrer chez elle. Elle avait hurlé et téléphoné à August qui était aussitôt venu la chercher avec Jean. Elle n'avait pas voulu aller voir la police. « Si je dois porter plainte à chaque incident, chaque lettre, chaque bousculade, chaque insulte ou photo volée, je passerais ma vie chez les flics », avait-elle répondu à ses parents inquiets au téléphone.

Sur l'insistance d'August qui se sentait désolé, elle dormait chez lui depuis ce soir-là. Elle avait résilié son bail et ne retournait dans ce deux pièces qu'elle avait tant aimé que pour récupérer son courrier et des affaires, accompagnée de Jean.

Elle ignorait par quel procédé les fans d'August avaient réussi à obtenir son adresse personnelle. Ni comment ils avaient eu connaissance de son identité. Elle avait naïvement cru rester l'anonyme des photos de vacances volées vendues à la presse trois mois plus tôt, l'inconnue qu'August tenait par la main sur une plage qu'ils avaient eu le malheur de croire déserte.

Sous les photos, les journalistes avaient lancé leurs pronostiques quant à l'identité d'Appoline. Il misaient sur un mannequin. Malgré l'angoisse de se voir exposée en maillot de bain sur une double page contre sa volonté, elle s'était sentie flattée par cette supposition. Puis cette première panique dissipée, elle avait tenté de se rassurer. August n'évoquait jamais sa vie privée et ne répondait quasiment jamais à des interviews dont le sujet était autre que la musique, ce qui avait le désavantage de laisser planer une onde de mystère sur sa personne et d'exciter la presse plus que de raison. Cependant, les médias avaient un os à ronger en essayant de retrouver Appoline du côté des apprenties vedettes, sans explorer la piste des gens ordinaires dont elle faisait partie.

Mais les fans avaient manifestement été plus rusés.

La voiture approchait des quais. Jusque-là, le trajet s'était fait en silence.
« Pourquoi tu soupires ?
- Parce que, répondit-elle.
- Mais encore ?
- Tu crois qu'ils vont finir par trouver l'Institut Canin ?
- Je ne pense pas, non. »

La désinvolture doublée de mauvaise foi de son petit ami l'irritait. Elle se doutait qu'August niait volontairement la réalité pour la rassurer mais qu'il n'en croyait pas un mot. Elle enchaîna d'un ton glacial :

« Vraiment ? La boîte est à mon nom. Si on cherche bien ou qu'on me suit, on va la trouver.
- Tu te rends malade pour rien. Je ne comprends pas pourquoi tu t'inquiètes puisque tu vois bien que ce n'est pas arrivé.
- Pour l'instant.
- Ne sois pas négative comme ça, t'es chiante.
- Je rêve... Pardon, excusez-moi mon cher ! Les débordements sur ta vie privée, ça fait peut-être partie de ton métier mais pas du mien !
- Honnêtement Appoline, quand bien même ils auraient l'adresse, qu'est-ce que tu veux qu'ils aillent faire dans un salon de toilettage ? Dans

le pire des cas, ils vont venir regarder et repartir, ça s'arrête là.
- Ça s'arrête là mais c'est quand même une catastrophe. T'imagines si j'étais vandalisée ? Tu crois que ça plairait à mes clients ? »

August n'osa pas répondre. Avec les groupies, on ne pouvait prédire de rien, il savait d'expérience qu'elles pouvaient se comporter de manière impulsive ou déraisonnable, et que le phénomène s'aggravait lorsqu'elles se trouvaient en groupe. Appoline poursuivit :

« Je me suis saignée des années pour monter cette entreprise et gagner ma clientèle. C'est toute ma vie. Alors les dommages collatéraux, je ne peux absolument pas me les permettre. Encore moins au moment où la banque accepte enfin de m'aider à ouvrir un deuxième salon. Mais bien sûr, ça te passe au-dessus de la tête les problèmes des gens normaux...
- Dans ce cas, il fallait te choisir un mec normal. Tu m'emmerdes, fit-il calmement.
- Je ne t'ai pas choisi ! » trancha-t-elle, emportée à son tour par la mauvaise foi. « Faites-moi descendre » ajouta-t-elle au chauffeur.

La Berline s'arrêta. Appoline toisa un instant August qui la fixait avec ses profonds yeux verts en attendant qu'elle regrette son coup de sang.

« Je me casse.
- Très bien. À tout à l'heure. Tiens, n'oublie pas ton sac ! »

Le ton calme de son petit ami, son air insolent achevèrent de la mettre en rage. Elle lui arracha le sac des mains, claqua la portière et marcha à toute vitesse pour se calmer. Elle ne ralentit que lorsque la voiture eut disparu, et avança en ruminant sa colère le long des quais.

Elle était d'autant plus furieuse qu'elle savait qu'August avait raison, qu'un peu plus tard dans la soirée, une fois calmée, elle finirait par revenir. Parce que les choses se déroulaient ainsi depuis qu'elle le connaissait. Au fil de ces derniers mois, sans le vouloir, elle s'était laissée glisser dans cette histoire étrange et inconfortable. Lorsqu'ils avaient commencé à se fréquenter peu après leur rencontre, Appoline était persuadée du caractère éphémère de cette relation. Elle n'avait jamais fait part de cette certitude à August. Elle se contentait de constater qu'elle avait un an et demi de plus que lui et qu'il était connu, qu'il était de surcroit une icône pour des milliers d'adolescentes hystériques et que ces trois facteurs n'étaient pas favorables pour envisager les choses dans la durée. Elle avait trop longtemps reculé le moment de mettre un terme à leur histoire pour se préserver, et celle-ci avait fini par prendre un tel élan qu'elle avait échappé à son contrôle. Elle avait été loin de s'imaginer que sortir avec le David Bowie français, comme on l'appelait, pouvait lui valoir autant d'ennuis. L'hystérie que suscitait August, l'appréhension des mouvements de foule et des bousculades la mettaient dans un état de stress permanent.

Mais August avait apprivoisé Appoline tant bien que mal et elle détestait en être éloignée trop longtemps. Elle savait que c'était réciproque, cela la torturait, et rendait irréaliste l'hypothèse d'une rupture. Depuis trop longtemps, elle n'avait plus le cœur à s'en aller, et s'était prise à son propre piège bien avant de s'en rendre compte.

Appoline était assise dans la salle d'attente de son dentiste, le jour où le cours de sa vie tranquille avait basculé. Elle feuilletait un magazine stupide où August envahissait à lui seul la couverture, debout sur le pont d'un bateau. « August, 26 ans, toujours célibataire », annonçait un titre en majuscules roses criardes. « Ça nous fait une belle jambe », se souvenait-elle avoir pensé. Confite dans l'ennui, Appoline avait néanmoins parcouru quelques lignes de l'article quelques pages plus loin. Elle avait déjà vu August à la télévision, entendu ses morceaux les plus connus à la radio. Elle avait retenu mécaniquement le refrain de « Shark », la chanson qui avait fait décoller la carrière du jeune chanteur, mais n'y portait aucun intérêt.

Elle avait refermé le magazine et l'avait jeté sur la table basse avec les autres. « Ça ne vous intéresse pas ? » Elle avait tourné la tête et dévisagé le type assis dans le fauteuil d'à côté. Son visage lui rappelait quelque chose. Elle dut se concentrer un instant avant de comprendre que c'était le même garçon que sur le magazine. L'avoir face à elle n'avait soudain plus rien à voir avec ce qu'elle pouvait percevoir à la télévision ou sur des photos : les choses prenaient une tournure réelle car le jeune homme sentait l'eau de Cologne. Il avait une odeur. Elle ne s'était jamais figuré que les gens que l'on aperçoit à travers les médias puissent sentir quelque chose. « Non », avait-elle simplement répondu, sans réfléchir. Elle s'en était voulu aussitôt mais était resté muette, de peur de s'enliser dans des propos incohérents. August avait enfoncé les mains dans les poches de sa veste et décroisé ses jambes. Il semblait méditer à une façon de relancer la conversation. « J'ai une carie, vous savez », lui avait-il avoué d'un air abattu. Elle avait ri nerveusement, puis pour de vrai.

Un mois plus tard, ils sortaient ensemble en cachette.

La clandestinité avait duré trois mois, jusqu'à ce que, sans le vouloir, Appoline rejoigne

August sur les photos des torchons qui furent leur premier sujet de conversation.

***

August dormait sur le ventre, si paisible qu'Appoline se demanda s'il respirait dans son sommeil. Elle lui enviait sa placidité. Cela faisait deux heures qu'elle luttait contre l'insomnie.

Elle ne cessait de penser à ces gens qui la reconnaissaient parfois dans la rue, qui la dévisageaient avec *ces yeux*... Ils lui inspiraient un profond malaise qui n'était pas seulement dû au fait qu'elle se sentait épiée. C'était leur façon de la regarder, les yeux étranges avec lesquels ils la fixaient. À de nombreuses reprises, elle avait tenté d'en parler à August, de lui donner des coups de coude quand cela se produisait, mais il n'avait jamais semblé s'en rendre compte, ni voir ce qu'elle voyait. Il se contentait de hausser les épaules, lever les yeux au ciel ou lui répondre qu'elle devait divaguer, que son anxiété lui jouait des tours, déformant sa perception de la réalité. Appoline s'énervait, lui rétorquait qu'il devait être aveugle. Comme il l'avait encore été quelques heures plus tôt, devant ce type qui les avait observés au bar du Continental Hotel.

Parce que ces individus qui les regardaient avec insistance avaient souvent ces yeux étranges. Des yeux laiteux, avec un simulacre d'iris au milieu. Des yeux sortant imperceptiblement de leurs orbites.

À cinq heures du matin, Appoline ne dormait toujours pas. Elle étouffait dans l'oreiller et se retourna sur le dos. En dépit de la fraicheur de novembre, de son côté du matelas, les draps étaient maculés de transpiration. Elle fixa le plafond, discourant avec elle-même, se donnant intérieurement la réplique.

Ils ne viendront pas. August a raison : qu'est-ce que les fans d'un chanteur de rock iraient faire dans un salon de toilettage pour chiens ? Je ne sais pas, peu importe. Tu es ridicule. Ça n'intéresse que toi, tes clients et leurs chiens. Et encore, ils seraient sans doute ravis de pouvoir rester en toute impunité dans leur crasse.

Elle finit par s'assoupir. Juste avant de fermer les yeux, elle remarqua vaguement quelque chose au plafond. Des ombres dansaient dans la pénombre, comme des reflets d'eau. Comme s'ils dormaient allongés sur la surface d'une piscine.

Appoline sombra dans un sommeil de plomb.

***

L'apprentie s'empressait de mettre de l'ordre sur le comptoir tandis qu'Appoline déverrouillait la porte de l'institut. Appoline avait très peu dormi mais était d'humeur joyeuse, comme chaque matin où elle ouvrait son local aux tons pastel. Qu'il fût désert ou plein d'agitation, silencieux ou ponctué d'aboiements, tout dans ce lieu l'apaisait. Il suffisait qu'elle en passe la porte pour tout oublier. C'était sa plus belle réussite, dont la fierté croissait avec l'épaisseur du carnet de rendez-vous.

« Nous avons deux clientes à l'ouverture, annonça Belinda en ouvrant le registre. Madame Lefèvre et Madame Lafitte.
- Parfait. Vous vous occuperez de Fleur, le Yorkshire de Madame Lefèvre. Je prendrai Picsou en charge. »

Belinda dissimula un sourire. Le gros Golden Retriever de Madame Lafitte qui venait tous les mardis était le chien-client préféré d'Appoline, et Belinda avait décelé ce favoritisme que sa patronne s'évertuait à ne pas manifester.

Les deux clientes annoncées entrèrent en même temps quelques instants plus tard. Picsou se précipita sur Appoline pour lui faire la fête, s'enroulant le museau dans la longue chevelure dorée de la jeune femme, et Fleur exécuta une série de cabrioles au bout de sa laisse, agitant ses pattes fragiles.

Trop occupée à caresser ce gros chien blond qui frétillait collé contre ses genoux, Appoline ne vit pas les trois filles franchir la porte du salon, sans aucun chien à faire toiletter. Trois adolescentes qui se tenaient à présent sur le seuil et la dévisageaient avec quelque chose d'hostile dans les yeux. Appoline leva la tête et se redressa aussitôt. Interloquée, elle considéra les jeunes filles qui demeuraient immobiles, toisant Appoline en silence. *Avec des yeux blancs.*

Appoline sentit son sang lui fracasser les tempes. Les chiens s'agitèrent. Fleur gémit et fit plusieurs tours sur elle-même en reniflant avant de se cacher derrière les jambes de sa maitresse. Picsou se voûta, tendu, et examina les trois intruses en grognant comme sous l'effet d'une menace. Belinda retint son souffle. Les deux clientes, immobiles et incrédules, faisaient face à ces jeunes filles silencieuses. Les instants qui suivirent, ce fut comme si le monde avait été mis sur pause.

Ils m'ont trouvée.

« En quoi puis-je vous aider ? » parvint-elle à articuler.

La question ne provoqua ni réponse, ni mouvement. Appoline tenta d'avaler sa salive mais sentait sa gorge aussi sèche que du sable. Stressés, les chiens reniflaient avec insistance, sans discontinuer. Une odeur âcre, gluante, s'installait dans la pièce. Une odeur de poisson. Un effluve putride, comme si les adolescentes transportaient des fruits de mer avariés dans leurs sacoches greffées de badges et d'écussons anachroniques, peut-être était-ce dans le but de semer le trouble d'une façon ou d'une autre dans l'établissement d'Appoline, par jalousie ou simple jeu puéril. Les adolescentes restèrent campées, sans ciller. *Elles n'avaient pas de paupières.*

Est-ce qu'elles voient ? Est-ce que Belinda et les clientes voient leurs yeux ?

« Ça suffit… » finit-elle par lâcher.

Les trois adolescentes la fixaient à présent avec étonnement. L'une avait les yeux bleus, finalement. La plus grande les avait noisette, et ceux de la plus petite étaient d'un noir profond, bordés de cils outrageusement épaissis de paquets de mascara. Appoline se demanda si elle ne devenait pas folle. *C'est de la paranoïa, August a raison, je n'ai rien vu. Rien.* Les jeunes filles semblaient respirer, s'animer, l'attitude avachie et l'expression blasée, vivantes et normales.

« Allez on se tire, elle est tarée celle-là », fit la plus grande aux deux autres. Elles sortirent et s'éloignèrent dans la rue. La plus petite jeta un dernier regard vers Appoline avant de tourner les talons. Un regard blanc. Appoline eut un hoquet de terreur. Et la jeune fille disparut avec ses amies.

« Tout va bien Mademoiselle Appoline ? demanda Madame Lafitte en se tournant vers elle.

Vous êtes toute blanche... Mademoiselle Appoline ?
- Pardon... Oh oui ça va, excusez-moi.
- Pffff... soupira Madame Lefèvre. Les jeunes ne sont plus ce qu'ils étaient. Ils n'ont plus aucune éducation.
- Je me demande ce qu'elles voulaient, ajouta l'autre cliente.
- Moi aussi, c'est étrange, on dirait qu'elles voulaient voir quelque chose qu'elles n'ont pas trouvé. »

« Oh si... », songea Appoline.

Elle observa Belinda du coin de l'œil et la sentit nerveuse. Son apprentie n'était pas dupe, elle avait compris ce qu'il venait de se passer. Par pudeur, elle n'avait jamais osé poser de question à Appoline, ne s'était jamais autorisée la moindre remarque. Mais il était évident qu'elle était au courant de la relation de sa patronne avec August. Belinda avait dix-neuf ans, et les jeunes filles de son âge regardent la télévision et lisent les magazines. Appoline savait que Belinda travaillait avec la radio en fond sonore quand elle se trouvait seule à l'institut. Et elle avait dévisagé Appoline d'une drôle de façon en revenant des vacances d'été.

Belinda fit battre deux fois ses longs cils bruns et acquiesça discrètement, comme pour répondre à quelque chose qu'Appoline lui aurait demandé par la pensée. Deux battements de cils pour lui signifier qu'elle avait tout deviné, et qu'Appoline pouvait lui faire confiance.

« Belinda, pouvez-vous installer Picsou sur ma table ? J'ai un coup de fil urgent à passer, je n'en ai pas pour longtemps.
- Bien sûr. »

Appoline aspira une gigantesque bouffée de cigarette dans la cour de service. Elle n'avait pas l'habitude de fumer le matin, et la nicotine l'étourdit aussitôt. Elle s'assit sur la marche en pierre et sa tête cessa de lui tourner.

« Réponds, allez, réponds...
- Ouais, fit August.
- C'est arrivé. On a trouvé l'Institut Canin. Je viens d'avoir de la visite.
- Oh merde...
- Comme tu dis !
- Je suis désolé.
- Je sais. Pourtant, qu'est-ce que j'adorerais passer mes nerfs sur toi. Mais je sais que tu n'y es pour rien.
- Qu'est-ce qu'il s'est passé exactement ?
- Trois collégiennes. Enfin je pense. Elles m'ont dévisagée et elles sont reparties. Mais elles ont fait peur aux chiens.
- Bon, c'était pas méchant. Elle n'ont rien fait de mal. Laisse couler.
- Je sais. Mais mes clientes étaient mal à l'aise. Ça ne peut pas se reproduire, tu comprends ?
- Bien sûr... Écoute je sais pas quoi te dire.
- Il n'y a rien à dire. Je te prévenais, c'est tout.
- Tu veux que je t'envoie Jean ? Ou qu'on te trouve un vigile pour les jours qui viennent ?
- Non ça attirerait l'attention, justement. Ça ira...
- Je l'envoie te chercher quand tu fermes ? On va dîner au Continental ?
- Oui, à tout à l'heure. »

Elle écrasa sa cigarette et se releva. Ses jambes continuaient à trembler.

« Pardon mon gros loulou. »

Picsou accueillit Appoline avec un regard triste, debout sur la table. Ce chien n'aimait pas les sangles et détestait rester seul par-dessus tout. Appoline lui appliqua un gros baiser sonore au sommet du crâne en lui grattant les oreilles pour se faire pardonner.

« Voilà c'est fini, je suis là, je vais te faire tout beau. »

Rassuré et peu rancunier, Picsou accepta de poser son derrière sur la table et renifla avec un petit gémissement de gêne.

Car il devait sentir, bien plus fort que quiconque, cette odeur gluante qui flottait jusqu'à l'arrière-boutique.

***

Appoline resta silencieuse au cours du dîner. Trop préoccupée, et plongée dans ses pensées, elle avait à peine touché au gigantesque plateau de fruits de mer dressé sur la table. Habitué malgré lui aux longs silences de sa petite amie, August mangeait de bon appétit. Il flanquait des taches de sauce partout sur la serviette attachée autour de son cou. Il gobait les huîtres à grand bruit, dévorait les langoustines qu'il décortiquait à toute vitesse avec une agilité déconcertante. On eût pu croire, vu de loin, qu'il jonglait avec les coquillages.

« Si tu n'aimes pas ça on te donnera autre chose », plaisanta Appoline, esquissant finalement un sourire qu'August lui rendit avant d'engloutir toute la chair d'un oursin.

Ils passèrent la porte à tambour et sortirent du Continental accueillis par le vent. August avançait en tenant Appoline par la taille. Ils attendaient Jean en faisant quelques pas dans la nuit, se partageant une Marlboro sur le grand trottoir désert où les marronniers perdaient leurs feuilles.

« August ! On peut faire des photos !? »

Le couple se retourna d'un même mouvement et découvrit deux jeunes filles trépignantes d'excitation. Sans la moindre formule de politesse, l'une d'elle tendit son téléphone portable à Appoline qui saisit l'appareil tandis que les deux groupies encadraient son petit ami. August se prêta au jeu sans hésitation, sans la moindre pointe d'agacement, comme s'il s'agissait pour lui de la chose la plus naturelle du monde. Les deux filles faufilèrent leurs bras à chaque coude de leur chanteur préféré. *C'est mon métier, c'est ma vie, c'est comme ça, il va falloir que tu l'acceptes, Appoline.* Cette phrase lui revint en mémoire, comme souvent dans ces moments-là.

Alors elle s'exécuta et prit une série de clichés des jeunes filles posant fièrement aux côtés de leur idole souriante. Elles semblaient savourer l'un des plus beaux instants de leur courte vie. Cela semblait si sincère qu'Appoline finit par prendre à cœur cette séance photo improvisée.

Ce n'est pas grave. Ces filles sont mignonnes. Elles sont tombées sur nous par hasard, elles n'étaient pas campées devant l'hôtel. Elles avaient sans doute reconnu August de loin à cause de la silhouette particulière que lui donnaient ses cheveux dressés en pétard et son éternelle veste en jean. *Elles ne sont ni agressives, ni hystériques. On a connu bien pire que ça. Et elles ont des yeux normaux. Je dois me faire un monde pour rien. C'est la vie d'August et lui, ça ne l'effraye pas.*

Elle conclut mentalement que s'il n'y avait pas de danger pour August, il n'y en avait pas non plus pour elle. Et que, même sans y prendre goût, on s'adapte à tout finalement.

« Merci », claironna la plus jeune des deux adolescentes, ravie, en récupérant son téléphone. Le cœur d'Appoline se mit alors à battre à tout rompre. Elle avait un instant cessé de respirer.

Elle se demanda si ce qu'elle venait de voir existait réellement ou s'il s'agissait juste d'une mauvaise interprétation visuelle. August semblait serein, il n'avait rien remarqué et regardait déjà ailleurs, l'air distrait, tandis que les jeunes filles s'éloignaient. Il se tourna vers Appoline lorsqu'elles disparurent au bout du boulevard.

« Ça va ? T'en fais une drôle de tête ! »

Elle se contenta d'acquiescer et de déglutir. Elle prit une grande inspiration et décida qu'elle s'était trompée, que c'était sans doute un effet d'optique, de plus, il faisait très sombre. Encore plus sombre sous le revers de la manche de la jeune fille à qui Appoline avait rendu son appareil. La jeune groupie devait sans doute porter un pull tricoté à la main, avec de gros crochets de maille. Le reflet des réverbères sur la couleur de la laine aurait achevé de donner cet effet étrange.

Ce n'étaient certainement pas des écailles.

***

Appoline surgit comme un diable hors du lit.

« NEUF HEURES !!! Merde August ! Pourquoi tu m'as pas réveillée !?
- J'ai pas eu le courage. Tu dormais comme un bébé c'était beaucoup trop mignon.
- Je m'en fous d'être mignonne, je veux être à l'heure !
- Mais qu'est-ce que tu râles toi ! Belinda va ouvrir la boutique, c'est pas grave.

- Non ça tombe très mal, c'est justement son jour de congé figure-toi !
- Alors tu seras en retard, et voilà. Et comme c'est toi la patronne, t'auras qu'à t'engueuler toi-même en arrivant.
- T'es con. Bon je prends la salle de bain en premier.
- Ah oui, tu crois ? »

August lui adressa un large sourire et se précipita dans la salle de bain avant qu'Appoline ait pu esquisser un mouvement. Il y eut un bruit de verrou tourné et Appoline l'entendit rire et l'eau couler. Le côté puérile qu'avait parfois son petit ami l'agaçait autant qu'il la faisait rire et ce matin-là, elle accepta son humour stupide sans s'énerver. Elle avait conscience d'être crispée en permanence ces derniers temps, et qu'August en faisait les frais, indirectement. Il ne s'en plaignait jamais, tentait de faire bonne figure, mais Appoline voyait bien qu'il jouait la comédie, parfois, qu'il lui cachait qu'elle lui causait du chagrin. Le pauvre se défoulait comme il le pouvait, et c'était bien légitime. Elle décida que son retard de ce matin, ce ne serait pas la fin du monde.

August ressortit de la salle de bain un quart d'heure plus tard, déjà habillé, les cheveux encore un peu humides. Il embrassa Appoline en enfilant ses baskets dans une posture inconfortable.

« Je fonce. À ce soir.
- À ce soir, bonne journée, chante bien.
- Merci, nettoie bien les animaux.
- Allez, dégage ! », dit-elle en lui lançant un coussin qu'il renvoya d'un coup de genou au fond du salon.

Il claqua la porte de l'appartement et Appoline l'entendit la fermer à double tour. Un signal sonore annonça que l'alarme était réactivée. August pensait à brancher le système de sécurité à chaque fois qu'il sortait, même quand Appoline était seule à l'intérieur. *Surtout* quand elle était seule à l'intérieur.

La salle de bain était maculée de buée. L'humidité la fit tousser. Une vapeur opaque emplissait la pièce entière. Appoline entra dans la cabine de douche à l'aveugle. Elle retira aussitôt son pied, d'un mouvement si vif qu'elle se cogna le genou contre la paroi de verre de la cabine. Ses orteils venaient d'effleurer quelque chose au fond du bac de la douche. Une substance immonde qui fit frissonner son corps en entier. Quelque chose de plat et de gluant. Elle suffoqua à cause de la frayeur et de la vapeur. Elle se pencha et plissa les yeux. Elle ne put distinguer que de vagues taches sombres et encore floues. Elle se maintint en équilibre en agrippant la porte vitrée de la douche et massa son genou douloureux de sa main libre. La buée se dissipa peu à peu.

Cela faisait bien quelques minutes que la condensation s'était évaporée. Tout ce temps, et bien encore après, Appoline resta cramponnée pour ne pas tomber, au-dessus des algues qui flottaient dans le bac de douche.

***

« Bonjour, Mademoiselle Appoline. »
Elle leva les yeux de la paperasse administrative qu'elle remplissait sur le comptoir.
« Bonjour Madame Lafitte. Mais... nous avions rendez-vous aujourd'hui ? ... Bonjour Picsou... Oh mon Dieu !
- Voilà, vous avez toutes vos réponses. Ça valait la peine de le faire toiletter hier comme vous

voyez, cet idiot ! Ce chien porte bien son nom. »

Picsou agita sa queue. Il frétillait, maculé de boue séchée et fier de lui.

« Ce n'est pas grave, je n'ai personne pour l'instant, je m'en occupe.
- Bon tant mieux, je vous le laisse. Je reviens dans une heure, ça ira ?
- Oui c'est parfait, à tout à l'heure Madame Lafitte. »

« Arrête de te tortiller comme ça Picsou. Je sais que c'est nul, les sangles. Mais si tu glissais dans la baignoire, tu trouverais ça encore plus nul, je t'assure. Allez, assis. »

Picsou obéit tandis qu'Appoline parlait tout haut, à moitié pour elle, à moitié pour lui en fouillant dans les placards à la recherche du shampoing sans allergènes qu'elle utilisait pour ce chien. Elle le commandait spécialement pour lui et il lui semblait avoir vidé le dernier flacon la veille.

« Ne fais pas cette tête, il faut qu'on te nettoie de toute façon. Eh ouais mon pote, fallait y penser à deux fois avant d'aller te rouler dans la merde ! Bon il est où ce shampoing c'est pas vrai... Ah non zut ! Attends je reviens toute de suite. »

Elle trouva le bordereau de dépôt de colis dans le tiroir du comptoir et soupira. Belinda devait se charger d'aller le retirer la veille à la Poste et avait oublié. Appoline consulta l'horloge murale. En milieu de matinée, il ne devait sans doute pas y avoir trop de monde au guichet. Elle n'avait aucune envie de laisser Picsou seul dans la boutique mais avec un peu de chance, elle ne s'absenterait que cinq minutes. Elle passa la tête dans la cabine de toilettage et le chien lui lança un regard abattu, déprimé, comme s'il venait d'être privé de croquettes pour l'éternité.

« Bon écoute Picsou, il faut que tu sois fort. Je m'absente cinq minutes, peut-être dix mais pas plus, je te le promets. Tu restes bien sage ?
- Où veux-tu que j'aille avec mes sangles ? » semblait-il vouloir répondre. Il se contenta d'un petit gémissement malheureux.

Appoline trépignait dans la file d'attente. Elle avait horreur de laisser un chien seul, c'était irresponsable, à son sens, absolument pas professionnel. Même si l'Institut Canin était fermé à clé et qu'il n'y avait aucun risque que l'animal ne s'échappe, elle s'en voulait de s'absenter.

***

Ella tapait nerveusement du pied. Cela faisait dix minutes qu'elle attendait son tour en roulant le coupon en boule dans sa main moite.
Parce que bien évidemment, en heure creuse, il n'y a qu'un seul guichet d'ouvert sur les cinq. Ne surtout pas faire de zèle, on risquerait d'être efficace...
« Bonjour, finit-elle par bredouiller en tendant le bordereau chiffonné. Je viens chercher ce paquet.
- Vous avez une pièce d'identité ?
- Oui, attendez. La voilà.
- Mmmmm. »
La guichetière entre deux âges l'observa par-dessus ses lunettes en demi-lune, dont les branches étaient reliées par une cordelette. Une épaisse écume blanche se formait à la commissure de ses lèvres. Saisie d'un frisson de dégoût, Appoline tenta d'en faire abstraction. Les yeux de la fonctionnaire firent de nombreux

allers-retours entre la photo d'identité et le visage d'Appoline dont la posture commençait à trahir des signes flagrants d'impatience. Elle ne cessait de penser à Picsou qui devait geindre seul dans l'arrière-boutique. Les animaux n'ont pas la notion du temps ; lorsqu'on les abandonne une demi-heure, ils peuvent vivre cette absence comme si elle durait une semaine, et c'est une grande source de stress.

Puis l'employée arrêta longtemps ses yeux bleu foncé sur la photo de la carte d'identité. Quand elle les releva sur Appoline, *ils étaient devenus blancs.*

« Vous êtes la copine du chanteur à minettes. »

Ce n'était pas une question, c'était une affirmation. Et sa voix avait quelque chose de bizarre, comme si cette femme avait prononcé ces mots depuis le fond d'une caverne. De l'écume au coin de ses lèvres pendait désormais un épais filet de bave blanchâtre. Appoline détourna les yeux, de gêne et d'écoeurement.

« Je ne sais pas, je ne vois pas de quoi vous parlez. Pouvez-vous aller chercher mon colis s'il vous plaît ? Je suis vraiment très pressée, j'ai laissé un chien seul dans mon institut.
- Bien sûr. »

La réponse avait résonné en traînant, comme l'on s'imaginerait parler un serpent. La guichetière se leva et s'éloigna sans se presser, en traînant ostensiblement des pieds. Le filet de bave qui pendait s'était allongé, lui pendant jusqu'aux genoux, se balançant et s'étirant au gré de ses mouvements. Appoline transpirait par tous les pores et sentait ses jambes trembler. Elle se retourna et observa autour d'elle pour vérifier si tout était normal. Deux vieilles dames et un homme pressé circulaient à différentes allures dans l'agence, en marge des quelques clients placides de la file d'attente. Des gens normaux. Tout semblait aller bon train. Elle devait s'inquiéter pour rien.

Quelques secondes s'écoulèrent avant que la guichetière, normale, elle aussi, ne lui remette son colis, et lui adresse un sourire chaleureux de sa petite bouche sèche.

Elle s'était inquiétée pour rien.

***

« Je suis là mon grand », cria-t-elle à l'adresse du chien depuis l'entrée de l'institut en poussant la porte d'un coup d'épaule, le porte-clés entre les dents et le carton dans les bras. Elle déposa le paquet sur le comptoir en claquant la porte derrière elle.
Il régnait ici un silence pesant, anormal. Appoline lâcha très vite ses clés près de la caisse et se précipita dans le cabinet où elle avait laissé Picsou.

En entrant dans la pièce, elle s'inquiéta de ne pas voir la tête du Golden Retriever dépasser des parois de la baignoire. Elle courut les trois mètres qui la séparaient du bac en émail. Les sangles descendant du plafond semblaient tendues vers le fond du bac. Peut-être le chien s'y était-il couché en l'attendant.

Elle vit d'abord les rebords éclaboussés de sang. Puis le chien, qui était encore maintenu dans ses sangles, le flanc éventré. Un trou béant à travers les grands poils blonds d'où les intestins arrachés se répandaient sur le fond de la baignoire. Des lambeaux de fourrure sanglants pendaient du ventre de l'animal. Sa tête pendait sur le côté, le museau dévoré, les oreilles arrachées. L'une de ses pattes arrières avait été mutilée jusqu'à l'articulation. Le grand corps du chien disloqué, gueule ouverte, tenait plus à présent d'une obscure créature mythologique que du meilleur ami de l'homme qu'Appoline avait laissé en sortant quelques instants plus tôt. Le sang traçait de longs sillons avant de couler dans la bonde.

Elle hurla un long moment avant de perdre connaissance.

***

Appoline se tournait et se retournait dans sa serviette humide sur le transat tandis qu'August continuait de faire des longueurs sous l'eau. Pour aider sa petite amie à se changer les idées quelques heures au moins, August avait voulu lui faire une surprise en privatisant la piscine intérieure du Continental Hotel cette fin d'après-midi. Il savait que le Continental était le seul endroit où elle se sentait à peu près sereine et pensait que cela allait l'aider à se sentir mieux.

Appoline, touchée par ce geste, s'en voulait de s'agiter ainsi. August faisait de son mieux pour la soutenir, et ces vaines agitations ne pouvaient rien changer au drame qui avait eu lieu au salon de toilettage. Elle s'allongea sur le dos et tenta de ne plus penser à rien, de se laisser bercer par le reflet déformé de l'eau sur les voûtes de pierre du plafond. Elle fit abstraction, tant bien que mal, de sa claustrophobie. La piscine se trouvait au sous-sol de l'hôtel, bordée de murs de pierre rapprochés, sans fenêtre. Elle décida de faire semblant d'avoir oublié tout ce qu'il s'était passé, comme si cela n'avait jamais eu lieu, pour August. Et pour sa propre santé mentale.

À peine eut-elle fermé les yeux qu'elle revécut ces derniers jours en une cacophonie de flashs. Elle entendit à nouveau les hurlements d'horreur de Madame Lafitte. Elle revit les dédales de la gendarmerie qu'elle parcourait en tous sens. Les flics lui apprenant que l'effraction avait eu lieu par la porte de la cour intérieure, la serrure avait été fracturée. *Avez-vous des ennemis, Mademoiselle Janin ?* L'image du chien en lambeaux réapparut. Et celle des trois adolescentes qui étaient entrées dans l'institut. *Je ne sais pas, j'en ai probablement des milliers, mais je n'ai aucune preuve de rien.* Belinda stupéfaite et blême, les yeux écarquillés, appliquant sa main sur sa bouche. *Voici votre plainte, veuillez signer ici, et là.* Elle revit la silhouette de Belinda pousser la porte du commissariat tandis que Jean lui tendait un gobelet du Starbucks dans la voiture. Le café lui avait donné la nausée. Elle revit dans un journal le fait divers qu'elle n'avait pas eu le cœur à lire, et la voix de Jean qui lui en avait fait la lecture. *L'enquête est en cours, et l'Institut Canin est fermé pour une durée indéterminée.* Une adjointe du commissariat l'avait regardée avec des yeux blancs sans paupières. Elle sentit à nouveau la main de Belinda sur son bras, geste de réconfort silencieux. Et la panique dans les voix de ses parents au téléphone. La nonchalance dans celle de son assureur qui la noyait sous un charabia administratif. Elle voyait la couverture du magazine people avec la photo de sa vitrine décorée par des scellés. Elle pouvait y lire son nom de famille trônant pour la première fois à côté de son prénom, comme un trophée des journalistes, et le visage fermé d'August sur les lieux, dans un encadré chevauchant la photo de la boutique condamnée. Elle revit August dans tous ses états, passant de l'affolement à la colère. Et tout ce qu'elle avait construit s'effriter.

À revivre en pensée les pires instants de ces derniers jours, Appoline en conclut que fermer les yeux était une bien trop sombre expérience. Elle les rouvrit en grand. Les reflets de l'eau s'étaient faits réguliers sur le plafond. Cela faisait un long moment qu'elle n'avait plus entendu le moindre bruit. August était sans doute sorti de l'eau. Encore à moitié assoupie et frissonnante, Appoline tourna la tête vers la piscine. La surface de l'eau était lisse et calme. Appoline distingua une forme sombre et se pencha depuis sa chaise longue.

August se trouvait tout au fond du bassin, étendu sur le ventre. Immobile sous la surface lisse de l'eau.

Appoline sauta du transat et poussa une série de cris aigus de panique, d'incompréhension et de désespoir. L'écho se fracassa contre les parois de pierre. Son petit ami s'était noyé, il était mort à côté d'elle. Elle bondit vers le rebord, s'apprêtant à plonger dans l'eau sans réfléchir, perdue, en ne cessant de crier.

Une succession de bulles s'échappèrent du fond de la piscine. L'instant d'après, avant qu'Appoline ne saute, August surgit d'un bond à la surface et secoua ses cheveux, les mains agrippant le rebord en pierre.

Appoline manqua de défaillir, ses jambes tremblaient tant qu'elle retomba assise sur le matelas mouillé. August paraissait stupéfait de son état de confusion. Elle suffoquait, au bord de l'hystérie.

« Qu'est-ce que tu foutais !? Mais t'es complètement taré ma parole !
- Quoi ? fit August, désemparé.
- Tu m'as fait une de ces peurs ! Je croyais que tu t'étais noyé, moi ! Ne refais plus jamais ça !
- Quand on se noie on flotte, tu sais...
- Ce n'est pas la question : tu étais au fond et tu ne bougeais plus. »

August appuya ses bras musclés sur le sol et se hissa hors de la piscine. Il s'approcha et s'assit sur le transat à côté d'elle, sans oser un quelconque geste de réconfort de peur qu'elle ne réagisse brutalement, tant elle était bouleversée. Il attrapa une serviette sèche et se frictionna les cheveux en regardant sa petite amie d'un air triste et désolé.

« Excuse-moi, Appoline.
- C'est pas grave », souffla-t-elle, en s'efforçant de ralentir sa respiration afin de dissiper les effets du choc.

« C'est rien, c'est moi. Tout va bien. »

***

Appoline resta un long moment sans rien dire, ni savoir que penser. Elle finit par recommencer à tordre ses mains moites sur ses genoux qu'elle tentait de temps en temps de sécher sur son jean. Ce frottement inutile finissait par lui brûler la peau. Le policier, lui laissant un instant de répit, acheva de taper quelques mots sur son clavier puis releva la tête vers elle. Elle soupira et reprit enfin :

« Je ne suis pas sûre d'avoir parfaitement compris ce que vous venez de me dire. Pourriez-vous répéter, s'il vous plaît ?

- Je vous disais que d'après le vétérinaire qui a examiné le... la victime, il semble que les blessures infligées au Golden Retriever soient bien des morsures.
- C'est absurde, souffla Appoline. Aucun être humain n'est capable de dévorer un chien et de l'éventrer avec ses dents. Et encore moins en l'espace de dix minutes.
- En fait, vous n'y êtes pas tout à fait, et c'est là le second point : selon l'expert, qui a fait appel à un autre spécialiste pour se conforter dans son avis, les morsures seraient d'origine animale.
- Animale ? Mais Picsou était le seul animal présent dans l'institut à ce moment-là. Il n'a pas pu être attaqué par un autre chien... Et puis, ce n'est pas un animal qui a pu fracturer la serrure de la cour intérieure. »

Elle marqua une pause pour réfléchir à cette hypothèse. Mais l'absurdité des propos de l'agent ne permettait aucune réflexion cohérente. Lui-même semblait embrouillé. Elle rassembla ces éléments dans sa tête.

« Si cela était bien réel et que l'on veuille le résumer... cela signifierait que quelqu'un aurait fracturé la porte de la cour afin d'introduire dans l'Institut Canin un, ou plusieurs animaux, dans le but d'en agresser un autre ? »

Le flic croisa les doigts sur son set de bureau qui représentait un planisphère taché d'encre et de café avant de poursuivre :

« Nous ne pouvons rien conclure sur les intentions du ou des coupables pour l'instant, Mademoiselle Janin. Nous poursuivons notre enquête, et cela risque de prendre du temps. Elle doit être prise particulièrement au sérieux. Car au stade où elle en est, nous ne sommes pas encore en mesure d'affirmer que c'était le chien qui était visé. Rien ne peut exclure l'hypothèse selon laquelle vous auriez été la cible initiale des malfaiteurs. En raison de votre relation privée avec une personne connue, il est possible que vous suscitiez des jalousies. Le fanatisme existe lorsqu'il s'agit d'idoles populaires. C'est rare, mais ce n'est pas une légende. Il pourrait s'agir d'une personne ou d'un groupe d'individus qui vous auraient observée, et se seraient assez renseignés pour connaitre votre lieu de travail, ainsi que les jours auxquels vous vous y trouvez seule. C'est la piste que nous privilégions, pour l'instant. Aussi je ne saurais que trop vous recommander d'être vigilante et d'éviter de sortir sans sécurité. »

Appoline avait considérablement blêmi à mesure que le policier la mettait en garde. Pas un instant elle n'avait jamais songé qu'elle aurait pu être la victime de cette attaque. L'agent en prit conscience et poursuivit :

« Vous devez garder à l'esprit, Mademoiselle Janin, que des milliers de jeunes femmes s'endorment chaque soir avec un poster de votre petit ami au-dessus de leur lit. Et que vous, vous... euh... et bien, vous dormez avec l'original. »

Il avait fortement rougi en s'aventurant à la fin de cette phrase qu'il n'avait sans doute pas prévu de prononcer. Et la pudeur d'Appoline fit également se teindre son visage dans les mêmes tons, lui redonnant quelques couleurs. Elle voulut changer de sujet au plus vite afin de dissiper son embarras et l'horreur des images qui lui venaient en tête. Celle du chien déchiqueté, et d'elle-même, sanglée dans la baignoire, gisant en lambeaux à sa place.

« Ce que j'ai du mal à saisir, Monsieur, c'est le meurtre en lui-même... Quel animal a bien pu attaquer ce chien d'une manière aussi violente ? Un Rottweiler ? Un Pit Bull du genre de ceux qu'on élève dans le noir et que l'on bat pour les rendre agressifs ? »

C'est alors qu'elle remarqua que son interlocuteur transpirait et tremblait de manière presqu'imperceptible. Elle eut l'impression d'aborder un sujet qui semblait gêner cet agent, sans qu'il ne pût cependant y couper. Il replaça quelques papiers bien parallèles sur son bureau avant de répondre.

« Selon le vétérinaire, l'attaque a été particulièrement barbare. Comme je vous le disais tout à l'heure, il a dû faire appel à un confrère pour lever ses doutes. Des analyses de prélèvements effectués sur les plaies sont en cours, mais il semblerait qu'une hypothèse peu conventionnelle soit confirmée.
- C'est-à-dire ? Que peut-il y avoir d'encore moins conventionnel dans cette histoire à dormir debout ?
- L'attaque serait le fait d'un, ou de plusieurs animaux aux mâchoires particulièrement puissantes. Cependant, il ne s'agirait pas du type de mammifères auquel on pourrait s'attendre, mais plutôt d'un animal marin. »

Appoline dévisagea longtemps le pauvre flic. Il semblait de plus en plus mal à l'aise. Il donnait l'impression d'être conscient de manquer furieusement de crédibilité, de passer pour un dingue avec une histoire de poisson qui tenait plus du canular que de faits sérieux, tant il était devenu pâle et nerveux. Dans sa fonction, il ne se serait sans doute jamais imaginé devoir un jour tenir des propos aussi incohérents, le tout en conservant le ton formel de sa profession.

« C'est un dossier particulier, vous savez. Cette enquête est loin d'être évidente, et les faits sont inhabituels. Nous faisons au mieux pour boucler cela au plus vite mais dans l'absolu, il est de notre devoir de vous conseiller de rester prudente, Mademoiselle. Je me répète : ne sortez pas seule, ne vous aventurez pas dans les endroits trop fréquentés sans sécurité. C'est le plus important, pour l'instant. »

Appoline acquiesça et l'agent se leva.

« Nous vous recontacterons dès que nous en saurons plus. En attendant, faites attention à vous », ajouta-t-il en refermant un dossier d'un geste un peu trop vif.

Un agent qui semblait tout juste sorti de l'adolescence raccompagna Appoline vers la sortie. La tête lui tournait en traversant les couloirs, une nausée progressive qui ne la quittait plus depuis quelques jours, à cause de cette odeur de pourriture qui la poursuivait, s'atténuait parfois ou devenait plus forte, sans rien qui ne pût en expliquer la provenance. Elle avait beau se laver, frotter tout son corps avec un gant de crin, se frictionner les cheveux sous des quantités déraisonnables de shampoing et renifler régulièrement ses vêtements, elle avait compris que l'odeur ne venait pas d'elle. Pourtant, elle pouvait la sentir en tous lieux. Une odeur gluante d'étal de poissons, des relents permanents d'iode et de vase qui lui envahissaient les sinus et lui donnaient des hauts-le-cœur continuels.

Appoline aspira une bouffée d'air frais lorsque l'agent lui ouvrit la porte de la gendarmerie. L'instant d'après, elle eut un vertige qu'elle prit le parti d'ignorer, mais qui n'échappa pas à l'agent qui l'escortait.

« Vous allez bien, Mademoiselle ?
- Je ne sais pas, avoua-t-elle.
- Vous voulez vous assoir, peut-être ? Ou boire un verre d'eau ? »

Sans attendre de réponse, il interpella une collègue qui fumait une cigarette à l'écart des marches.

« Malika, va chercher un verre d'eau s'il te plait.
- Merci, articula Appoline en respirant lentement.
- Vous devriez peut-être prendre un taxi.
- Non, on va venir me chercher, merci. »

Elle chercha des yeux la voiture de Jean qui devait déjà être en train de l'attendre mais sa vision était légèrement floue. L'agent continuait de lui parler mais elle l'entendait comme à travers un filtre, des mots noyés comme s'il lui parlait sous l'eau. Sa collègue poussa la porte et lui tendit un verre d'eau.

Appoline la remercia et approcha le gobelet transparent de ses lèvres. Elle s'arrêta juste au moment de boire. L'eau était trouble, verdâtre, avec comme des particules qui flottaient dedans. Une eau sale qui sentait le sel comme de l'eau de mer. Appoline se plia en deux et inonda les marches de vomi. La gendarme s'approcha, la mine inquiète, et lui posa une main sur le bras. Elle avait des excroissances de peau tendues entre les doigts. Elle avait la main *palmée*. Alors qu'Appoline cherchait à crier, elle vomit à nouveau. En se relevant, elle distingua au travers des larmes la silhouette de Jean qui accourait en sa direction. Il parvint à sa hauteur au moment où ses jambes se dérobaient sous elle. Il la souleva dans ses bras d'acier et la porta jusqu'à la voiture. Appoline l'entendit vaguement assurer à quelqu'un qu'il l'emmenait chez un médecin.

« Je suis là, ça va aller », lui murmura-t-il.

***

Le docteur s'adressait à Appoline sans quitter son ordinateur des yeux, tout en pianotant sur son clavier. Cet homme sec et froid d'une cinquantaine d'années n'était pas le généraliste qu'elle allait consulter d'habitude. Après avoir passé plusieurs coups de fil tandis qu'Appoline se remettait de son malaise allongée sur la banquette arrière, Jean l'avait emmenée chez le premier médecin du quartier susceptible de lui donner rendez-vous dans l'heure. Il l'attendait dans la salle d'à côté.

« Ce n'est rien de grave, rassurez-vous. Juste de l'épuisement et de la nervosité.
- Bon, tant mieux », soupira-t-elle.

Son malaise lui semblait déjà loin derrière elle. Cependant, elle conservait cet état d'anxiété permanente qui, autant que cette odeur infecte, s'aiguisait au fil des jours. Elle leva la tête au plafond et poussa un infime soupir de soulagement. Elle avait vraiment eu peur que ce soit plus grave et se sentait nettement mieux grâce aux paroles rassurantes du praticien. Elle posa à nouveau les yeux sur le docteur qui fixait toujours son écran. Son cœur battit un peu plus fort. Quelque chose avait changé. Ou peut-être s'était-elle trompée. Parce que le docteur lui paraissait plus gros que lorsqu'elle avait pénétré dans son cabinet. Sa corpulence semblait soudain beaucoup plus épaisse.

Je l'avais mal regardé, c'est tout. C'est à cause des rayures de sa chemise, ça affine, mais en fait, il est un peu gros. Oui, c'est ça. J'ai mal regardé.

Elle en fit abstraction.

« En revanche, il ne faut pas que cet état persiste, là ce serait mauvais. Je vous conseille de vous reposer ces prochains jours. Je vais également vous prescrire une cure de vitamines pour les trois prochains mois. Et quelque chose de léger pour dormir.
- Je ne prendrai pas de somnifères, Docteur.

- Comme vous voulez, je vous les inscris tout de même sur l'ordonnance et je vous laisse votre libre arbitre.
- D'accord. »

Elle hésita à lui poser la question qui la démangeait. Elle réfléchit en regardant ses chaussures et en malaxant ses mains moites. Elle n'en avait aucune envie, pourtant, car elle redoutait que le médecin mette sa santé mentale en cause et émette l'hypothèse de la faire interner. *Mais merde, il est médecin, il peut bien répondre oui ou non à une interrogation...* Elle prononça un « euh » d'hésitation qui lui sembla s'étirer à l'infini. Le médecin l'interrompit au bout de quelques secondes de cette syllabe traînante.

« Je vous écoute ? »

Il avait quitté son ordinateur des yeux et la regardait, à présent. Appoline s'étouffa. Le médecin avait encore grossi. *Il enflait.* Sa peau se tendait, son corps s'étirait comme s'il se *gonflait*. L'homme en face d'elle semblait se remplir d'air. Ses yeux s'exorbitaient dans la pression du gonflement.

Rien rien rien. Ne le regarde pas. Pose ta question.

Sa voix trembla.

« Bon, est-ce que par exemple, cet état d'épuisement peut provoquer des hallucinations... Je veux dire, des hallucinations sensorielles. Des odeurs ou des choses qu'on voit qui n'existent pas. »

Le généraliste difforme ôta ses lunettes d'un mouvement rendu laborieux par la corpulence de ses bras. Le tissu de ses vêtements était prêt à craquer. Ses yeux sortaient de plus en plus, semblaient prendre leur élan vers la sortie de leurs orbites. Durant une seconde d'intense panique, Appoline crut qu'ils allaient jaillir de la tête du médecin et lui atterrir sur les genoux. *Ses yeux vont exploser.* Le médecin continuait d'enfler, d'enfler. Appoline suffoqua, la tête lui tournait. Elle s'essuya le visage de la main et refit face au docteur, le même petit homme maigre qui l'avait auscultée quelques minutes plus tôt.

Aussi perdue, soulagée, profondément désorientée, Appoline s'obligea à se ressaisir au plus vite.

« Qu'essayez-vous de me dire ? »

Appoline regrettait sa question. Elle ne voulait plus y penser.

« Rien. Non. C'était une question comme ça, juste pour savoir... par curiosité, c'est tout », fit-elle d'une voix anormalement aiguë qui trahissait son embarras. Elle tenta de prendre un air détendu qui sonnait faux. Et le médecin la toisait à présent d'un œil soupçonneux.

« Vous voyez des choses anormales ?
- Non, s'étrangla-t-elle. Non, pas du tout. Vraiment pas... C'est pour un ami...
- Je vais aussi vous prescrire un anxiolytique. Vous pouvez le prendre midi et soir, ou ponctuellement si vous ne vous sentez pas bien, c'est vous qui choisissez.
- Si vous voulez... »

Elle sentait qu'elle avait fortement rougi et espéra qu'il n'en avait rien remarqué.

Plus tard, accompagnée de Jean, elle tendit son ordonnance à la pharmacienne et pointa du doigt les noms griffonnés des somnifères et des anxiolytiques :

« Je les ai déjà chez moi, c'est inutile. Donnez-moi juste les vitamines », mentit-elle.

En attendant que la femme en blouse blanche revienne au comptoir avec ses médicaments, Appoline se demanda si elle ne glissait pas doucement vers une forme sournoise de paranoïa, ou de folie totale.

***

August poussa la porte de l'hôtel particulier. Appoline lui emboîta le pas et pénétra pour la première fois dans la maison de disques de son petit ami.

Le matin même en se levant, August avait été inquiet de voir Appoline si déprimée, se préparant à passer une nouvelle journée enfermée à broyer du noir, privée de son commerce, de son appartement et des habitudes qu'elle s'était construites. Trois jours plus tôt, après avoir vu ce médecin, elle avait émis l'hypothèse de partir quelques jours se reposer chez ses parents, mais August l'en avait dissuadée afin qu'elle reste avec lui, comme si elle risquait de ne jamais revenir. Il se sentait ce matin-là responsable de l'état d'errance de la jeune femme, et lui avait ainsi proposé de l'accompagner pour l'après-midi.

« C'est un peu ma faute, je l'avoue. Mais c'est mauvais pour toi de rester enfermée, tu tournes en rond, t'es toute pâle. Viens avec moi, ça te changera les idées. »

Appoline avait accepté.

L'hôtesse leur claironna un joyeux « bonjour » à l'accueil, puis ils s'avancèrent le long d'un couloir silencieux tapissé de moquette beige du sol au plafond. Appoline eut tôt fait de trouver les lieux apaisants. Elle suivit August dans un ascenseur étroit qui les déposa au deuxième étage. Ils traversèrent un second couloir beige où la moquette, plus épaisse, étouffait entièrement le bruit de leurs pas.

Un homme d'une trentaine d'années aux cheveux gominés sortit d'une salle et s'arrêta en les apercevant. Une expression de surprise animait son visage un peu austère.

« Salut Jo, lui dit August, je te présente Appoline, ma copine. Appoline, c'est Jo, mon manager, je t'en ai déjà parlé.
- Bonjour, dit-elle poliment.
- Enchanté, Appoline. »

Le dénommé Jo la dévisagea un long moment, assez pour la mettre mal à l'aise. Elle baissa la tête vers le bout pointu de ses chaussures cirées pour que cela cesse. August passa une main affectueuse dans les cheveux d'Appoline.

« Bon, je dois faire le point avec Jo sur le prochain concert, on en a pour deux heures, à peu près.
- Compte-en trois, corrigea Jo. On doit aussi commencer à parler du prochain clip.
- D'accord. Donc en attendant, tu vas... »

August suspendit sa phrase en apercevant une jeune femme émerger du fond du couloir et l'interpella. Elle avança immédiatement vers eux, l'allure avenante. Elle était coiffée de deux couettes d'un rouge artificiel et portait un mini kilt, des collants résille sur ses jambes maigres et de grosses chaussures en cuir pour lesquelles le terme « godasses » semblait avoir été inventé. Appoline se souvint avoir eu à peu près les mêmes lorsqu'elle était adolescente. Sa mère appelait cela des « écrase-merde ». Elle devina qu'il s'agissait de l'attachée de presse d'August, car il lui avait déjà parlé d'elle, et de son style particulier.

« Isa, dit August. Je te confie Appoline le temps de ma réunion avec Jo. Tu prends soin d'elle ?
- Bien sûr, répondit la fille qui adressa un clin d'œil à la principale intéressée. Tu viens avec moi ?
- Oui... »

Un peu gênée par cette attitude familière, Appoline lança un dernier coup d'œil inquiet à August. Il lui répondit par un petit signe de tête, celui qu'il utilisait souvent de loin pour lui dire que tout allait bien se passer lorsqu'ils devaient se séparer. Elle se détourna pour suivre la fille aux cheveux rouges qui marchait à vive allure dans le couloir.

Isa installa Appoline sur une banquette en cuir qui longeait le mur d'un grand bureau et lui proposa d'aller lui chercher un café. Appoline la vit aussitôt s'éloigner derrière la vitre sans tain donnant sur le couloir. La moquette peinait à amortir les bombardements de ses chaussures de guerre.

La pièce était vaste, dans les tons sable et camel. Tout était rangé au millimètre, à l'exception des magazines qui traînaient un peu partout. Mais si désordre il y avait, il semblait savamment organisé.

Une fois seule, Appoline se détendit. Elle se sentait comme dans une bulle de coton beige, elle aurait presque pu s'endormir. Mais Isa refit rapidement surface avec une tasse de café qu'elle posa sur la table basse devant elle.

« Fais gaffe, il est bouillant.
- Merci Isa. Au fait, je suis désolée de vous... de *te* déranger, je peux tout aussi bien aller ailleurs, ou...

- Tu rigoles j'espère ? Non tu restes avec moi ça me fait plaisir.
- Mais tu dois avoir du travail.
- Ça je te le fais pas dire, mais tu ne me déranges pas : tu fais comme chez toi. J'ai des magazines partout en plus : si tu veux de la lecture, tu peux te servir.
- J'ai vu ça oui ! Merci Isa. »

En dépit du café qu'Isa lui avait apporté une heure plus tôt, Appoline s'assoupissait irrésistiblement entre les pages d'un magazine. Isa la berçait malgré elle en pianotant sur son iMac. Appoline bâilla discrètement et se redressa un peu. De l'autre côté de la vitre, elle aperçut deux adolescentes qui attendaient l'ascenseur en discutant joyeusement avec August, tandis qu'un grand type mal habillé les prenait en photo avec un grand appareil.

« Qui est-ce ?
- Ah ça ? fit Isa en levant le nez. Ce sont des fans qui ont gagné un concours pour rencontrer August dans sa maison de disques et faire une séance photo avec lui.
- D'accord. »

Appoline observa la scène à travers le verre. Les adolescentes faisaient la bise à August tandis que s'ouvraient les portes de l'ascenseur. L'une d'elle, ravissante, avait d'immenses cheveux auburn qui lui encadraient le visage, tombant raides comme des rideaux. L'autre avait les cheveux très courts et... Appoline plissa les yeux. Cette jeune fille semblait avoir une malformation. Elle avait quelque chose d'anormal au niveau de l'oreille ou plutôt, de son évidente *absence* d'oreille. Elle avait un genre de couche de peau supplémentaire à la place, comme une ouverture qui semblait pouvoir se soulever. Appoline n'avait jamais vu une chose pareille et ne put réprimer un léger frisson. Elle se reprit, cependant, assaillie par un revers de culpabilité. Car si la jeune fille ne pouvait savoir qu'Appoline l'épiait à travers la vitre sans tain, cette dernière avait toujours eu la pudeur de ne jamais attarder son regard sur les handicaps, quels qu'ils fussent. La jeune fille pénétra dans l'ascenseur et tapa sur l'épaule de sa camarade aux cheveux longs qui, elle aussi, se retourna pour la rejoindre dans la cabine. August rebroussa chemin en direction du bureau de son manager après un ultime signe amical de la main.

Soudain, Appoline cessa de respirer. Ses pupilles s'agrandirent. Elle sentit sa vessie se contracter. De l'autre côté de la vitre, dans l'ascenseur, l'adolescente aux cheveux longs lui tournait le dos. Elle n'avait pas de cheveux à l'arrière du crâne. Entre les deux longues mèches qui tombaient raides de chaque côté de sa tête se trouvait une surface irrégulière de peau suintante et poisseuse où quelques cheveux étaient venus se coller. Appoline plaqua la main sur sa bouche pour s'empêcher de crier. L'ascenseur se referma.

Isa éclata de rire. Appoline suait abondamment. Isa riait-elle de ce qu'il venait de se passer ? Se moquait-elle d'Appoline parce qu'elle avait eu peur ? *Putain mais je suis en train de devenir dingue !* Isa tenta de refréner son hilarité.

« T'en fais une tête ! Relax, elle n'allaient pas te le piquer, ton August !
- Non je pensais pas à ça, répondit Appoline, entièrement confuse.
- Bon c'est sûr, elles sont mignonnes mais t'as rien à craindre. T'es beaucoup mieux qu'elles en plus.
- C'est gentil...

- Et puis August est super amoureux de toi, t'as pas à être jalouse, vraiment.
- Oui ?... Merci. »

Isa quitta aussitôt le bureau, portant un lourd dossier dans ses bras osseux, et l'informa qu'elle partait en réunion. *Elle n'a rien vu.* Isa sourit de nouveau, amusée. Elle avait simplement cru prendre Appoline en flagrant délit de crise de jalousie. *Elle n'a vraiment, vraiment rien vu...* Si cela avait été le cas, peut-être qu'Isa aurait fait une remarque à haute voix, ou poussé un cri. *Mais elle les a regardées. Elle les a trouvées « mignonnes ». Elle n'a pas pu voir. Ou alors elle a vu, elle aussi, et pour elle c'est normal.*

Cette idée fit trembler Appoline des pieds à la tête. Elle se leva et s'agita de long en large dans le bureau. *Il faut que j'arrête de penser. Ça devient malsain. Ce n'est pas grave, c'est l'état de choc qui continue, mais ça va passer.* Elle s'arrêta et prit une grande inspiration en fermant les yeux et en se massant les tempes du bout des doigts. *Calme-toi, tu ne peux pas rester comme ça à tourner comme un lion en cage, ça va paraître étrange. Oublie, s'il te plaît. Il ne s'est rien passé. Tu n'as rien vu. Regarde autour de toi : tout est normal. Tout est normal.*

Elle prit le parti de respirer lentement et d'attendre que son pouls ralentisse. *Ce n'était rien*, pensait-elle le long de chaque expiration. *Je ne suis pas malade.* Son cœur ralentit progressivement. *Tout va bien, tout va bien.* Quelques minutes plus tard, sa température et son souffle redevinrent normaux, laissant place à une agréable torpeur qui la rassura à nouveau. Elle se sentait mieux, beaucoup mieux.

Elle balaya la pièce des yeux à la recherche d'une occupation et attrapa une pile de magazines people au hasard sur une étagère, laissant de côté les journaux pour adolescentes. Curieuse, elle s'empara également d'une revue sur la navigation qui semblait avoir échoué ici par erreur. Elle se rassit sur la banquette avec la pile sur ses genoux, se cala confortablement au fond du dossier et commença à feuilleter les journaux au hasard.

Elle n'était pas mécontente de se trouver seule dans le bureau. Elle n'aurait pas vraiment su se l'expliquer, mais Isa la mettait légèrement mal à l'aise.

Elle passa l'heure suivante à éplucher des couches de vie privée des différents chanteurs, acteurs, comédiennes, politiques et autres mannequins. Dans chaque revue, presque immanquablement, elle tombait sur son petit ami. August était un peu partout, caché quelque part entre les pages après avoir été piégé par des paparazzis. Il était omniprésent. À tel point qu'elle se demanda soudain quels recours elle aurait pour l'oublier si tout devait se terminer demain. Il aurait fallu qu'elle vive sans la télévision, sans la presse ni la radio jusqu'à ce que peut-être, August sombre dans l'oubli. Mais au vu du succès du jeune rocker, de l'allure à laquelle s'écoulaient ses disques et ses places de concerts, l'essoufflement de sa carrière n'était pas d'actualité.

Appoline décréta que le moment était mal venu de penser à ce genre de choses, elle était bien assez tourmentée comme ça. Alors elle lut.

« August s'est rendu à l'hôpital des enfants malades. Coiffé d'un bonnet rouge, le beau gosse a accompagné la tournée du père Noël pour le plus grand bonheur des enfants. "C'est très important pour moi" a-t-il déclaré. »

« *C'est bel et bien fini, entre August et Flavia, la demi-finaliste du fameux télé-crochet musical. Selon un proche de Flavia, ce serait August qui aurait mis un terme à ces quelques semaines de romance.* »

« *C'est avec une mystérieuse inconnue qu'August s'est envolé pour Bornéo. Exit Flavia, le chanteur a passé une semaine de vacances bien méritées en charmante compagnie avec cette jeune femme dont on ne sait encore rien. Amour de vacances ou relation sérieuse en perspective ? "Je me sens prêt à rencontrer la femme de ma vie", aurait-il confié à un proche au printemps. Affaire à suivre.* »

Appoline survola les paragraphes des magazines à scandales. Des successions d'articles factuels et superficiels. La discrétion d'August sur sa vie privée ne leur permettait pas d'article de fond. Les journalistes manquaient cruellement d'informations, alors ils meublaient, le plus souvent avec de fausses affirmations, des déductions hâtives venant légender des photos volées, frustrés de la distance que le jeune homme mettait entre lui et les médias. Par son rejet des journalistes, August les excitait malgré lui, s'affublant d'une aura de mystère qu'il n'avait pas voulue et qui déchainait la furie de ses fans. Il représentait une sorte d'énigme qui agaçait fortement sa concurrence. Appoline savait qu'il n'y avait aucune volonté de marketing, derrière tout cela, juste le désir de vivre le plus paisiblement possible, de ne pas livrer son âme en pâture à la presse. Il n'acceptait de parler que de musique, laissant les adolescentes sur leur faim. Le public connaissait ses chansons, son personnage aux cheveux ébouriffés, mais en aucun cas son intimité.

En se faisant cette remarque, en notant toutes les idioties qu'elle lisait dans ces articles, Appoline prit conscience qu'en dehors des parents d'August, elle était probablement la seule personne à le connaitre aussi bien. Ce carnage à l'institut en était la punition. Car au fil des mois, sans s'en apercevoir, elle avait appris par cœur ses manies, ses mimiques, ses réactions, s'était adaptée à son caractère et sa façon de percevoir le monde. Elle faisait surtout partie intégrante de son quotidien.

Elle connaissait son intimité, vivait dans son appartement. August lui avait même présenté ses parents. Des gens simples et bienveillants qui l'avaient adopté en bas âge et élevé avec tout l'amour du monde.

August avait une telle adoration, une telle gratitude pour eux qu'il avait exceptionnellement accordé une interview à leur sujet dans un magazine féminin axé sur la psychologie, où il leur rendait hommage. Appoline n'avait pas eu l'occasion de le lire à sa sortie quelques semaines plus tôt, mais le fit, maintenant qu'il était posé sur ses genoux.

« (...) August est un orphelin du Pacifique, trouvé par des pêcheurs au large de l'île de Pâques alors qu'il n'avait que quelques semaines. Connu pour privilégier les réponses aux questions sur sa carrière à celles qui concernent sa vie privée, c'est avec beaucoup de retenue qu'il évoque ce sujet. "À ce que l'on a raconté, je me serais probablement noyé si l'on ne m'avait pas trouvé à temps. La marée était en train de monter alors que je me trouvais juste au bord des vagues." Mais cet enfant miraculé n'a pas de parents. "Cela est resté un mystère. Bien sûr, quand j'ai eu l'âge de commencer à poser des questions, on m'a expliqué qu'à l'époque, une enquête a été menée pour savoir

si j'avais été abandonné, ou si mes parents biologiques auraient pu avoir un accident de navigation au large de l'île, mais malgré les recherches, aucune embarcation n'a été retrouvée échouée aux alentours, et aucun signalement de disparition de personnes résidant sur l'île non plus, pas plus que de touristes portés disparus aux environs". (...) »

À la lecture de ces mots, Appoline ressentit la même fascination que la nuit où August lui avait fait le récit de ses origines inconnues, un soir de vacances alors qu'ils ne dormaient pas. Si elle trouvait cette histoire digne d'un conte, cela ne semblait pas perturber son petit ami. August avait pris la décision de faire sa vie sans chercher à percer ce mystère qu'il estimait comme un piège, une perte de temps, quelque chose qui aurait pu lui dévorer l'âme s'il s'était abîmé dedans. Appoline le respectait pour son courage et sa modestie. D'autant qu'August aimait ses parents adoptifs plus que tout, et ce soir-là, il lui avait déclaré que remuer ciel et terre pour retrouver ceux qui l'avaient laissé échoué au bord de l'eau reviendrait à trahir ceux qui l'avaient aimé et élevé.

August demeurait pudique sur ce sujet. Aussi, Appoline n'était pas étonnée que cet article soit paru dans un magazine relativement sérieux et respecté, plutôt que dans ces tabloïds emprunts de voyeurisme et d'hystérie.

« *(...) Comment construire son identité quand on ignore tout de ses origines ? August semble résigné et ne rien regretter. "Je me pose des questions de temps en temps, bien sûr. C'est humain. Mais j'ai compris très tôt que je me torturais inutilement, que je gaspillais mon énergie devant des questions sans réponses, et j'ai finalement préféré la vouer à la musique. Peu importe d'où je viens et qui sont mes parents biologiques : mes racines sont ici. J'ai une famille incroyable. Mes parents adoptifs sont, et seront toujours mes véritables parents. Il m'ont donné l'amour, les valeurs, l'éducation, m'ont fait grandir et m'on fait confiance. C'est à eux que je dois tout, et c'est à eux que je dédie ma réussite. Et pas à ceux qui, volontairement ou malgré eux, m'ont abandonné à moitié noyé."* »

« Ça va ? »
Appoline fit un bond, le magazine s'éjecta de ses genoux et atterrit les pages en vrac sur la moquette. August s'assit à côté d'elle et l'embrassa.
« Je t'ai fait peur mon cœur ?
- Non. Non pas du tout. C'est juste que tu es entré comme ça d'un coup. Je ne m'y attendais pas.
- Tu t'ennuies pas trop ?
- Non ça va. On s'en va quand ?
- Dans une petite heure encore je pense. Je suis désolé, c'était plus long que prévu.
- Pas grave.
- Tu as de la lecture de toute façon, à ce que je vois », dit-il en secouant la revue marine posée au-dessus de la pile sur la banquette.

Soudain, il cessa d'agiter le magazine et examina un instant la couverture. Appoline le vit déglutir, imperceptiblement. Il avait cessé de sourire. Il rejeta la revue sur la banquette et alla vers la porte.

« Allez mon cœur, sois sage. À tout à l'heure...
- Oui. Travaille bien. À tout à l'heure. »

Il s'arrêta avant de franchir la porte. Un instant, il demeura immobile, lui tournant le dos. Il martela un rythme de ses doigts, la main agrippée à l'encadrement. Il tourna la tête vers elle. Pour la première fois, sans qu'il n'y ait aucune raison précise, elle le sentit vraiment inquiet.

« Tu veux qu'on parte à la mer après le prochain concert, loin quelque part ? »

Elle ne répondit pas tout de suite. Il y avait quelque chose de solennel dans sa voix. Pas comme s'il lui eût demandé son avis pour une décision insignifiante. Il lui demandait si elle souhaitait aller à la mer comme s'il lui proposait de réfléchir à quelque chose qui pouvait bousculer le cours de sa vie.

Elle acquiesça. Il répondit d'un sourire pâle et disparut dans le couloir.

Étrangement apaisée, Appoline s'étira et bâilla en tendant la main vers la revue marine. Elle tourna rapidement les pages. Elle comprit bien vite que les sujets et les rubriques étaient trop pointus, trop techniques pour elle. Il s'agissait d'une revue spécialisée en navigation hauturière pure. Rien qui ne la passionnait ni même la concernait. Alors qu'elle faisait défiler les pages comme on trie les cartes avant d'abandonner cette distraction, elle s'arrêta. Et revint quelques pages en arrière, vers la fin.

Au milieu d'une page vantant des mérites de divers gadgets utilisés pour la navigation et la plongée, la revue recommandait l'achat du dernier album d'August.

***

Appoline nageait dans l'eau trouble. Elle évoluait d'une brasse laborieuse.

Les abysses avaient l'obscurité d'un vaste tombeau. Elle tendit une main devant elle sans savoir ce qu'elle cherchait à saisir. Sans doute le chemin vers la surface, comme si c'était le genre de choses qui se puissent attraper de la main. Elle savait ses propres gestes hasardeux, mal définis mais volontaires. Elle sentit une nuée de bulles lui sortir du nez et de la bouche et comprit alors qu'elle ne portait ni masque de plongée, ni bouteille d'oxygène. Elle agita vivement les bras et les jambes, cherchant à respirer.

La vase remua sous ses pieds, se souleva par endroits. Quelque chose semblait torpiller de sous l'étendue poisseuse du fond, cherchant à la percer. Elle devina qu'il fallait qu'elle s'en écarte au plus vite, mais sentait ses mouvements alourdis par la pression de l'eau qui la ralentissait. Elle tenta de s'en éloigner en gardant à l'œil ces mottes de vases qui se soulevaient, de plus en plus menaçantes. Appoline accéléra ses gestes tandis que ces choses achevaient de crever la vase. Elle n'eut pas le temps de progresser plus avant. Trois serpents à écailles jaillirent de la vase éventrée et se ruèrent sur la jeune femme. Avec agilité, la queue encore enfoncée dans le sol, ils se lancèrent à toute vitesse à l'assaut de ses chevilles et s'y enroulèrent jusqu'aux genoux, emprisonnant ses jambes pour la garder captive sous l'eau. Elle allait mourir noyée, elle remuait les bras en vain, paniquée.

Tandis qu'elle se débattait, elle aperçut une forme floue qui marchait au loin. Elle avançait en sa direction, évoluant sur la vase comme quelqu'un sur la terre ferme. À mesure que la forme phosphorescente se rapprochait, Appoline reconnut la silhouette d'August.

Mais bien qu'elle reconnût sa carrure, la forme de son visage, les proportions de son corps et sa démarche floutée par l'eau trouble, August ne se présentait pas exactement comme elle le connaissait. Lorsqu'il ne fut plus qu'à quelques mètres, elle comprit. Elle voulut crier mais la seule chose qu'elle fut capable d'émettre fut une grosse bulle qui lui passa devant les yeux avant de s'envoler vers la surface, s'il en existait une.

L'aspect de la peau d'August était rugueux, bleuté et scintillant. Son corps et son visage étaient déformés d'excroissances éparses et inégales, des filaments plantés le long de ses bras flottaient derrière lui à mesure qu'il avançait. Il avait sur les flancs des nageoires se terminant par des pointes. Sur le sommet de son crâne s'élevait une crête irrégulière. Il n'avait plus qu'un œil au milieu du front, un globe obscène et gélatineux d'un blanc flasque orné d'une grotesque pupille noire. *Les yeux blancs...*

Terrifiée, Appoline se débattit de plus belle. Les serpents resserrèrent leur emprise de leurs corps puissants et se faufilèrent jusqu'en haut de ses cuisses. Elle n'avait gagné qu'à être plus prisonnière encore. Elle voulut hurler à nouveau. Lorsqu'elle ouvrit la bouche, l'eau salée lui envahit la gorge, étouffant les sons et toute respiration. Aussi fut-elle surprise de ne pas se sentir mourir.

August s'arrêta devant elle et la toisa. Elle ne put soutenir ce regard de cyclope qui la tétanisait. Il n'y avait aucune sorte d'expression à l'intérieur, ce n'était qu'une sphère visqueuse. Appoline tenta un nouveau cri, et l'eau envahit ses poumons et son oesophage. Puis August parla, d'une voix caverneuse et hypnotique, déformée par l'eau.

« Je sais que tu vois des choses mais je n'y suis pour rien, Appoline. C'est pour cela qu'ils m'aiment. »

Il approcha une main aux griffes acérées du visage de la jeune femme. Une main épaisse et gluante recouverte d'écailles.

Cette fois-ci, Appoline hurla pour de vrai et se redressa dans le lit. Elle suffoquait, elle baignait dans sa transpiration dont elle avait trempé l'intégralité des draps. August se redressa, effrayé.

« Appoline qu'est-ce qu'il t'arrive ?! »

Elle hurla de nouveau à le voir la regarder dans le noir.

« Calme-toi Appoline je t'en prie ! » paniqua-t-il en frappant du plat de la main sur l'interrupteur.

Une lumière crue inonda la chambre. Appoline, terrorisée, redécouvrit le visage d'August. Celui qu'elle connaissait. Avec deux yeux verts et une peau lisse, légèrement mate. Incrédule, elle le fixa un long moment avant de reprendre sa respiration. Il finit par la prendre dans ses bras et la bercer contre lui.

« Tu as fait un sacré cauchemar, mon pauvre amour. »

Tandis qu'il caressait et démêlait ses longs cheveux collants de sueur, Appoline pleura sans bruit.

***

La terreur d'Appoline stagna au fil des jours suivants. Plutôt que de la combattre ou d'en être victime, elle décida de l'ignorer. Ce leurre lui rendait la vie plus supportable et lui redonnait l'énergie nécessaire à la reprise du contrôle de sa vie.

L'Institut Canin demeura fermé. Appoline avait décidé qu'elle revendrait son fonds de commerce pour en reprendre deux nouveaux dans d'autres quartiers. En attendant, ses journées se ressemblaient toutes. Une routine inattendue et confortable s'était installée et continuait à la maintenir dans un état d'optimisme stable.

Chaque matin, elle accompagnait August. Jean les conduisait à la maison de disques où Jo, à la demande d'August, avait déniché un minuscule bureau inoccupé pour y installer Appoline. Si August avait à faire ailleurs, Jean conduisait Appoline à son bureau provisoire et revenait la chercher pour qu'elle retrouve August le soir au Continental Hotel.

Ainsi, Appoline passait ses journées à travailler sur ses projets d'ouverture. Elle recalculait ses budgets en fonction des différentes études de marché qu'elle opérait, naviguait sur des sites internet de design pour concevoir l'intérieur des futurs locaux et prenait les rendez-vous avec son banquier par téléphone. Elle limitait encore ses déplacements à l'extérieur, ne sortant que si elle était accompagnée, et Jean l'escortait lorsqu'elle souhaitait visiter un local.

La police ne l'avait pas encore recontactée à propos de l'enquête, et Appoline essayait d'oublier.

Elle échangeait régulièrement par mails avec Belinda pour prendre de ses nouvelles. Cette dernière avait très vite retrouvé une place d'apprentie dans un salon concurrent, mais avait promis à Appoline de démissionner pour la rejoindre, car Appoline comptait la nommer responsable de l'un de ses deux futurs salons.

Lorsqu'elle se sentait courbaturée sur sa chaise de bureau, elle sortait faire quelques pas seule dans l'étroit jardin de la maison de disques. À chaque fois, elle prenait soin de filer discrètement à travers les couloirs afin d'échapper au regard d'Isa. Car si Isa la voyait sortir, elle se levait aussitôt pour l'accompagner dehors le temps d'une cigarette. Sa façon de rechercher ostensiblement l'amitié d'Appoline dérangeait la jeune femme. D'une part à cause de sa nature sauvage, peu encline à se lier facilement, et de l'autre, parce qu'Appoline, sans s'expliquer pourquoi, ressentait une sorte de malaise en compagnie d'Isa. Elle lui faisait un peu peur.

Et il y avait une autre chose qui la dérangeait depuis peu. Mais là aussi, elle s'en accommodait peu à peu, tant qu'elle pouvait. Après les odeurs étranges, c'étaient des sons qu'elle entendait. Des sonorités lointaines, perçantes et irrégulières qui s'étiraient, un peu comme le chant des baleines. Lorsqu'elle les entendait, la nuit, dans le bureau ou la salle de bain, elle s'efforçait de conclure que ce n'était certainement rien. Elle avait décidé, sans se le faire confirmer par un médecin qu'elle craignait trop de retourner consulter, qu'il s'agissait certainement d'acouphènes. Et que cela allait passer.

Malgré ce maintien forcé de sa santé mentale, cette illusion de maîtrise, il arrivait cependant que cette routine provisoire la rende claustrophobe. Elle avait beau s'écrouler d'une fatigue saine chaque soir avec la satisfaction d'une journée prolifique, elle se sentait tourner en rond et ressentait souvent l'envie de s'échapper, de se retrouver très loin, à respirer autre chose que l'air de la ville qui commençait à l'étouffer. Et cette odeur poisseuse qui continuait de la poursuivre. Elle devinait qu'August s'en doutait, et craignait qu'elle ne disparaisse d'elle-même d'un seul coup.

Heureusement, comme il le lui avait promis, après le prochain concert, ils iraient à la mer. La date approchait et c'était, ces derniers jours, la seule chose à laquelle elle pensait. Les mots voguaient dans sa tête comme en rêve. *Partir à la mer.*

***

Cela faisait plus d'une heure que Jo ne cessait de s'agiter dans les coulisses, pressant les techniciens, prodiguant à August des recommandations parfois inutiles de dernière minute, et criant régulièrement le prénom de son assistante qui accourait aussitôt pour n'avoir parfois rien à lui dire. August se moquait tranquillement de lui, assis sur une chaise de sa loge. August n'était jamais particulièrement stressé par sa carrière. Même avant un concert aussi important, il conservait un calme olympien qu'Appoline lui enviait.

Quant à elle, elle s'était faite toute petite et feuilletait une brochure assise dans un coin près d'August pendant les derniers préparatifs. August avait tenu à ce qu'elle reste avec lui jusqu'au dernier moment pour lui souhaiter bonne chance avant que Jean ne vienne la lui enlever pour l'installer dans le public.

Deux maquilleuses s'affairaient sur le visage d'August, si sérieuses et appliquées que la plus jeune d'entre elles semblait avoir oublié de respirer depuis qu'elle avait franchi le seuil. Il tenta de les détendre avec quelques blagues et la fille qui ne respirait pas manqua un trait de crayon. Jo était entré, s'était énervé et était reparti tandis qu'un fou rire nerveux et collectif s'était répandu dans la loge étroite.

Les maquilleuses quittèrent la pièce quelques minutes plus tard, on entendit crier en coulisses que le coup de feu était imminent. Jo fit irruption dans la pièce en aboyant des propos incompréhensibles sur August avant de ressortir aussitôt, puis Jean apparut dans l'encadrement de la porte.

« On y va, Appoline. »

August se leva et ouvrit les bras en grand.

« Allez serre-moi fort, ordonna-t-il. Et attention au maquillage.
- Merde, fais-nous honneur, dit Appoline en s'exécutant.
- Fais-moi confiance. Je t'aime.
- Moi aussi. À tout à l'heure. »

Puis elle suivit Jean dans un dédale de couloirs blafards et tristes.

***

Perchée sur une loge au-dessus de la fosse, dominant la salle comble, pour la première fois depuis qu'elle sortait avec August, Appoline ressentit une vive bouffée d'orgueil. Les fans de son petit ami se massaient en bas, se bousculaient plus ou moins sérieusement afin de se rapprocher au plus près de la scène où allait bientôt apparaître leur idole.

Elle eut un frémissement d'angoisse les secondes qui suivirent, à la vue de cette foule compacte susceptible de reconnaître son visage. Elle tourna la tête vers Jean assis à côté d'elle. Elle ne l'aurait jamais avoué à August, mais elle ne se sentait en sécurité qu'avec Jean. D'autant qu'August avait récemment émis l'hypothèse de virer Jean, qu'il soupçonnait d'être amoureux d'Appoline, au vu du soin qu'il prenait à veiller sur elle. Appoline l'avait rassuré, avec un peu de mauvaise foi, et l'avait convaincu de ne pas s'en séparer.

« Ça va ? s'inquiéta-t-il.
- Ça va, oui.

- Tu ne risques rien, Appoline. On est en hauteur et je suis là.
- D'accord. »

Le garde du corps la connaissait assez, à présent, pour deviner de lui-même quand quelque chose tracassait la jeune femme.

Il y eut quelques minutes de tension, des cris d'hystérie anticipés dans la fosse, puis les lumières s'éteignirent. Les fans hurlèrent pour de bon. Et les spots firent jaillir leurs lumières sur August. Les acclamations furieuses redoublèrent, la musique explosa. Et il commença à chanter « All the best ».

Debout, les mains posées sur la rambarde, Appoline observait le spectacle avec un mélange d'avidité, de fascination et de fierté. Aux flash incessants se disputait la lumière des projecteurs. Dans la fosse, les adolescentes en transe dansaient, allumaient des briquets, mitraillaient la scène de clichés, agitaient les bras dans des mouvements désynchronisés donnant l'illusion d'un océan humain aux vagues irrégulières.

Puis August entama son plus gros succès, « Save Us ». Dès les premières mesures, dans l'hystérie collective, un début de bagarre se déclencha entre deux adolescentes sur le côté de la salle, à coup d'échanges de gifles, griffures et autres tirages de cheveux. Jean s'en aperçut et se leva d'un bond. Il fit signe à Appoline qu'il s'éloignait vers le couloir afin d'en informer la sécurité dans son talkie-walkie. Elle acquiesça avec un sourire et Jean s'éloigna. Elle n'avait plus peur de rien, finalement, elle n'avait même plus besoin de Jean. Elle se sentait euphorique, emportée par la musique, hypnotisée par le spectacle.

C'est alors qu'elle sentit deux, ou trois personnes lui empoigner les bras et les jambes par derrière. Elle ne put rien voir d'autre que de longs cheveux châtain. Des jeunes filles venaient de l'attraper. Elle cria et se débattit, mais les mains qui l'agrippaient étaient puissantes, déterminées. Dans sa panique, Appoline tourna la tête et ne put distinguer qu'un profil de jeune femme brune. Elle secoua ses jambes de plus belle et sentit qu'on la soulevait du sol. Il ne se passa que quelques secondes avant qu'elle ne soit jetée par-dessus le garde fou, et tombe dans le vide.

Dans la stupeur de ce qui lui arrivait, la chute avait un air d'infini. Elle eut le temps de voir sa vie défiler et de se faire la réflexion que cette sensation n'avait rien d'une légende. Elle revit le visage de sa mère, de son père, les décorations de Noël de son enfance, son premier amoureux, la mort de son chat, son accident de vélo, la remise de son diplôme, le commissariat, et August. Elle se prépara dans l'horreur, autant que l'on puisse humainement s'y préparer, à sentir son corps se fracasser au contact du sol après s'être amorti sur les têtes et les épaules qu'elle allait heurter et briser dans la chute.
Inconsciemment, elle ferma les yeux.

***

Appoline n'osa pas rouvrir les yeux tout de suite tant la sensation qu'elle avait ressentie était étrange. Elle les garda fermés car elle était convaincue qu'elle était morte et que le passage dans l'au-delà s'était fait sans aucune transition. Elle avait peur de ce qu'elle ressentait. Elle était effrayée à l'idée de ce qu'elle risquait de voir. Elle sentait son corps flotter. Il lui semblait encore percevoir la musique comme en rêve, des mesures lointaines et étouffées. Elle sentait ses vêtements anormalement lourds, ses membres engourdis et ses chaussures la lester, l'entraînant vers le bas. Un spasme dans ses poumons la fit tousser. Appoline comprit qu'elle respirait encore et, par réflexe, ouvrit grand les yeux.

***

Elle mit quelques secondes à comprendre la situation, tant celle-ci était de l'ordre de l'inconcevable.

Appoline ne s'était pas écrasée au sol. Elle était tombée *dans l'eau*. Son rythme cardiaque s'accéléra, elle se demanda si elle ne rêvait pas. Elle manquait à présent d'oxygène et battit des jambes, se cognant le genou sur un fond dur. Elle avait manifestement pied, manifestement mal. Elle était manifestement vivante. Elle resserra ses jambes malgré la pression de l'eau pour bondir à la surface. Immergée jusqu'au cou, elle toussa, recracha de l'eau par le nez et toussa à se brûler la gorge. Elle comprit vite que les sensations de son corps étaient trop réelles, trop triviales pour qu'il s'agisse d'un rêve où d'une quelconque illusion. Elle était en vie.

Abasourdie, Appoline observa autour d'elle. Le concert continuait. Elle entendait la voix d'August, un peu déformée et gutturale, sans doute un effet sonore dû à la résonance de l'eau. Car c'était bien cela : la fosse où se tenait le public était remplie de liquide. Depuis le début, la foule dansait et se déchainait dans ce qui ressemblait à un immense bassin d'eau trouble. *Qu'est-ce que c'est que ce merdier ?* Bien qu'elle ne comprît pas le concept étonnant et encore sonnée d'avoir été jetée du balcon et d'avoir échappé à la mort en moins d'une minute, elle se contenta de remercier Dieu en silence avant de se décider à se frayer un chemin vers la sortie.

Avant de s'écarter, instinctivement, elle voulut voir la scène de là où elle se trouvait. La masse compacte de spectateurs ne laissait pas filtrer de perspective suffisante pour qu'elle pût apercevoir August. Elle se décala légèrement de droite et de gauche en se hissant sur la pointe des pieds. Elle put enfin distinguer son petit ami sur l'estrade.

À ce moment, sa bouche, d'elle-même, s'ouvrit en grand.

**

August avait revêtu un costume. Un déguisement grotesque et effrayant qu'elle ne lui connaissait pas mais qui lui évoquait cependant quelque chose. Elle écarquilla les yeux un long moment. *Le costume dans mon rêve... C'est le costume dans mon rêve !* Ce pouvait-il qu'elle ait fait un rêve prémonitoire ? Ou avait-elle simplement vu ce déguisement entreposé quelque part avant son récent cauchemar et laissé son inconscient faire le reste durant la nuit ?

August continuait de chanter. Et la voix, la musique avaient des textures étranges, caverneuses et étranglées, une voix qui s'étirait comme déformée par un support audio défectueux, un disque qui ne marcherait plus et étirerait les sons dans les graves. Une voix de monstre qui avait quelque chose d'hypnotique, sur une mélodie qui avait quelque chose de malsain. Appoline eut un violent frisson. Tout ici lui paraissait bizarre, déplacé, anormal. Apeurée, elle n'avait désormais plus qu'un objectif. Elle voulait sortir d'ici à tout prix, s'extraire de la salle, aller dans la rue, sur le trottoir à l'air libre, même trempée jusqu'aux os dehors en décembre, peu importait, il *fallait* qu'elle sorte de cette salle, qu'elle quitte ce concert qui l'effrayait. Dans un mouvement aussi déterminé que ralenti par la pression de l'eau, elle se détourna de la scène et fit un pas. Elle s'arrêta là.

De terreur, une paralysie immédiate figea son corps à ce qu'elle vit.

***

En face d'elle, de part et d'autre, dans toute la fosse plongée dans l'eau, les spectateurs dansaient en agitant leurs nageoires et leurs tentacules. Ils regardaient vers la scène hypnotisés, de leurs grands yeux vitreux de poissons. Certains avaient des mâchoires puissantes et acérées tandis que d'autres fredonnaient la mélodie obscène d'une petite bouche écoeurante dépourvue de dents. Ils étaient de toutes les tailles, de toutes les couleurs et de toutes formes. Ils avaient des corpulences d'humains dans des corps de créatures aquatiques. Appoline sentit une vague de chaleur flotter entre ses cuisses. Sa vessie venait de lâcher. Le souffle coupé par l'horreur, elle n'osa plus bouger.

Elle demeura immobile, stupéfaite, à observer ces créatures gluantes onduler au son de la musique dans l'eau poisseuse, fascinées par leur idole.

Et, lorsque l'instinct de fuite reprit le dessus sur la folie du spectacle qui l'entourait, Appoline invoqua tout son sang-froid. Elle se devait d'être stratégique, invisible, pour se glisser hors d'ici sans se faire remarquer de ces choses qui l'effrayaient. Elle se décida. Elle fit un pas discret de côté.

Et trois paires d'yeux gélatineux se braquèrent sur elle.

C'est alors qu'Appoline bondit pour fuir sur le côté avec des mouvements de plomb frénétiques. Mais les trois créatures furent plus rapides. Se déplaçant agilement en glissant à travers l'eau, elle encerclèrent Appoline de leurs épais corps gluants et enflés. *Enflés comme le docteur.* Appoline se sentit pleurer malgré elle. *Maman !* pensa-t-elle, *Maman, viens me chercher !* Appoline appela au secours en vain dans la cacophonie. L'une des trois choses monstrueuses approcha près, très près, sa petite bouche à la forme de ventouse du visage d'Appoline qui poussa un hurlement d'horreur en détournant la tête. Au moment où elle tentait de dégager ses bras pour se couvrir la figure, elle sentit les lèvres de la créature venir se coller sur sa tempe en une parodie de baiser dégueulasse. Elle sentit que cette bouche glissait plus bas, lui aspirant la peau de la joue, et d'un coup, elle en sectionna la chair et l'avala, laissant un trou béant sur le visage de la jeune femme.

Appoline n'eut pas mal, elle avait trop peur pour ressentir la moindre douleur, elle ne pensa pas à son visage mais à se débattre. Un tentacule s'abattit comme une massue sur son crâne, lui plongeant la tête sous l'eau. Elle ne vit plus que du sang et des formes floues dont l'une d'elles s'approchait en torpillant à grande vitesse.

Un homme-raie au corps plat et translucide dont les yeux sortaient complètement des orbites vint s'enrouler sur sa jambe droite. Appoline sentit une décharge électrique fulgurante dans son corps. Elle secoua ses jambes pour refaire surface. Aussitôt eut-elle la tête hors de l'eau qu'elle fut attirée de nouveau vers le fond. Elle vit trois larges créatures aux bouches minuscules et avides s'agripper à sa jambe gauche et la lui dévorer. Le temps qu'Appoline ne réagisse, il ne resta rapidement plus que l'os et, attirée par l'odeur du sang, une mâchoire gigantesque s'abattit sur l'un de ses bras et s'éloigna avec son trophée dans la gueule. Et ce qui ressemblait à un poulpe sur un corps d'humain vint se coller au sommet de son crâne. Appoline poussa un dernier cri, et la bête l'emprisonna jusqu'au cou en serrant ses tentacules puissants sur les cervicales. Les os mirent quelques secondes à craquer. Dans un odieux bruit de cartilages, l'animal lui détacha la tête et partit avec.

La carcasse d'Appoline remonta pour flotter à la surface. Bien vite, de nombreux hommes-poissons, plus chétifs, se précipitèrent sur le cadavre pour en dévorer les derniers lambeaux de chair.

Il ne resta bientôt plus qu'un squelette incomplet.

***

Sur scène, chantant toujours de sa voix déformée, le Dieu Aquatique ignorait tout du sort de la jeune femme dont il était amoureux, occupé qu'il était à s'offrir à la contemplation de ses adorateurs.

LA FUITE

Depuis minuit, des trombes d'eau s'abattaient sur la ville. Un terrible orage de fin juin fit déborder les caniveaux, inonda les trottoirs désertés à la hâte, s'acharna sur les toits et malmena les courants électriques qu'il rompit par endroits. Ce ne fut cependant pas le cas de l'immeuble qui s'élevait au fond de l'impasse Marco Polo au numéro 7, où quelques fenêtres étaient encore éclairées. Pour le passant curieux et imprudent qui se serait aventuré jusque-là sous l'orage, il n'y aurait eu là rien de bien singulier. Seuls les riverains installés dans l'impasse depuis longtemps étaient à même de considérer les éclairages nocturnes de cet édifice prestigieux comme une renaissance. Car l'immeuble blond à moitié dissimulé par le lierre était resté inoccupé durant des années. Une fastidieuse histoire d'héritage avait laissé longtemps les lieux inhabités, mais depuis peu, l'affaire de la succession s'était dénouée, une copropriété avait vu le jour, et une poignée de nouveaux résidents avaient investi les différents appartements qui divisaient désormais cet ancien hôtel particulier. De l'immeuble en face, une vieille dame qu'un coup de tonnerre avait réveillée observait avec joie ces lumières allumées. Elle se réjouit qu'il y ait enfin de la vie en face de chez elle et partagea cette réflexion avec son mari qui s'était lui aussi redressé en sursaut dans le lit. Et tandis qu'elle contemplait l'immeuble de sa fenêtre, un nouvel éclair en illumina la façade entière.

L'eau de pluie martelait furieusement les toits. Depuis le Second Empire, le numéro 7 de l'impasse Marco Polo avait connu des siècles à essuyer les orages sans dommages. Il défiait les intempéries avec la sagesse d'un monument. Ainsi les rigoles s'éclaboussèrent et débordèrent au sommet de l'immeuble. Et l'eau qui resta emprisonnée s'écoula dans un large tuyau qui plongeait entre ses murs.

À minuit vingt, au cinquième et dernier étage, l'adolescente de la famille Livandier tourna le robinet du bidet sur lequel elle était assise, afin d'éteindre la cigarette qu'elle fumait en cachette dans la salle de bain. Le métal résista à la pression du mouvement. Abandonnant la cigarette allumée sur l'émail pour libérer ses deux mains, Marie empoigna le robinet et serra fort. Le système résista encore. « Saloperie d'appart du Moyen Âge », chuchota-t-elle. Elle devina bien assez vite que l'eau n'avait pas jailli de ce sanitaire depuis des années. Marie insista, força, reprit son souffle, et au prix d'un ultime effort, le robinet céda avec un grincement suraigu. Il y eut un temps, une pression qui gronda de manière irrégulière et diffusa un écho légèrement menaçant dans la pièce étroite. Puis de fins crachats d'eau claire vinrent enfin éclabousser la porcelaine par saccades inégales. Elles se muèrent en un maigre filet d'eau dont Marie se contenta pour mouiller ses cendres. Elle referma l'arrivée d'eau avec la même difficulté, jusqu'à ce que le système ait fini de goutter. Satisfaite de l'aventure de cette cigarette clandestine, Marie jeta le mégot au vide-ordures et retourna dans le couloir qui grinçait en direction de sa nouvelle chambre. Elle ignorait qu'elle avait mis à rude épreuve le système de plomberie vétuste de l'immeuble. Elle ne se doutait pas qu'elle venait de provoquer une fuite infime dans une canalisation restée sèche pendant près de vingt ans. Non, elle était à mille lieues de savoir que dans les conduits qui s'enfonçaient dans les entrailles de l'immeuble, quelque chose de très vieux venait de se réveiller.

***

Lorsqu'arrive l'été dans les quartiers bourgeois, les familles qui peuplent les immeubles haussmanniens délaissent bien souvent ces résidences principales pour s'en aller longtemps. Les commerçants alentours en profitent pour fermer boutique. L'été a ici un goût de poussière et d'abandon. Aux mois de juillet et août, dans ces quartiers, l'on croise encore quelques âmes égarées, des gens hagards aux visages transpirants. De très jeunes employés restant travailler, des familles nombreuses fatiguées en transit entre deux voyages, des étudiants scrupuleux, quelques hommes d'affaires dépassés par leurs responsabilités qui rejoindront leurs familles plus tard, les vieux dont la santé ne supporte plus les transports, et quelques fous qui refusent de quitter la ville. Mais la plupart des résidents quittent les lieux. Ils n'arpenteront plus les pavés avant septembre et laissent derrière eux de longs boulevards de platanes désolés, des rues inanimées et des squares endormis.

Dans leur désertion, ils laissent la voie libre aux rats.

***

Traînant sa queue derrière lui, un rongeur dévala la pente menant aux garages. Le sous-sol était désert, gris et silencieux. Le rat entama son inspection des lieux en solitaire. Peut-être allait-il trouver, sinon une poubelle à éventrer, au moins une miette à grignoter. C'était la première fois qu'il s'aventurait dans cet immeuble. Quand arrivaient les fortes chaleurs, lui et ses congénères pouvaient enfin sortir des égouts sans risque à la conquête de nouveaux territoires clos, car il n'y avait presque plus d'hommes pour les chasser et les tuer.

Il trotta le long d'une galerie bordée de larges boxes, vides pour la plupart. Car certains contenaient ces énormes monstres endormis qui parcourent les rues à grand bruit, broyant au passage les animaux imprudents sous leurs roues. Il poursuivit son chemin et tourna dans un couloir étroit desservant plusieurs portes de caves. Il passa son museau à travers les fissures des portes en bois et n'y renifla rien d'intéressant. Ça sentait la poussière, le carton et le papier humide. Le silence était ici légèrement troublé par un petit fracas régulier qui faisait un écho, mais ce bruit ne semblait en rien menaçant. C'était juste une goutte d'eau qui tombait du plafond.

Le rat s'arrêta au fond du couloir et appliqua ses pattes de devant sur la porte en acier du local de toutes ses espérances. L'odeur des ordures protégées de la canicule par la fraicheur de la cave annonçait un festin inespéré. Il n'y avait cependant aucun interstice où il aurait pu se glisser. Le rongeur marqua un temps et réfléchit. S'il parvenait à trouver une brèche, il irait chercher sa horde tapie dans les entrailles du caniveau afin qu'elle vienne se nourrir ici, voire s'installer pour dormir dans un recoin sans lumière.

Il grimpa le long d'un fin conduit reliant le sol au plafond pour inspecter le sommet de la porte. La fente était trop étroite, il n'y avait aucun moyen de se faufiler dans le local. Ce sous-sol si prometteur au départ s'avérait finalement être une bien mauvaise affaire. Sans redescendre du conduit suspendu au plafond, le rat fit demi-tour pour s'en aller. Avec agilité, il progressa en funambule sur l'épais tuyau qui courait le long du couloir.

Soudain, il stoppa sa course. Il y avait une crevure, sur ce conduit. Un trou irrégulier de la taille d'une balle de tennis au milieu de la tôle éventrée. Il avait bien failli ne pas le voir et tomber dans la canalisation. À cet endroit, le son régulier se fit plus précis : c'était d'ici que l'eau gouttait sur le sol. Le tuyau devait aussi être percé par en-dessous. Curieux, le rongeur se pencha pour renifler l'odeur de rouille provenant de l'interstice obscur. Il entendit une goutte s'échapper. Une deuxième.

Puis le rat fut happé à l'intérieur du conduit.

**

Sofia avait toujours détesté les sous-sol. À cause des rats et des araignées lorsqu'elle était enfant. À cause de ces histoires affreuses qui circulaient pendant les périodes estivales depuis qu'elle avait la trentaine et le confort financier autorisant la jouissance d'un parking souterrain.

Elle avait horreur de s'y rendre seule. Pour ces authentiques récits où des individus, parfois cagoulés, se faufilaient derrière une voiture pour attaquer le conducteur coincé dans son garage. La plupart du temps, la victime était une femme seule, parce que c'est toujours plus facile à maitriser et à dépouiller.

Le mois précédent, deux rues plus loin, une femme s'était fait sectionner deux doigts en allant garer sa voiture. Le voleur n'avait pas de temps à perdre et souhaitait obtenir au plus vite son solitaire et son alliance. Pour la forme, il avait également choisi de la défigurer d'un ou deux coups de poing avant de lui arracher le sac en crocodile qu'elle portait en bandoulière et qu'elle aurait pourtant donné sans résister. Puis, au dernier moment, avant de s'enfuir, un grand coup de genou dans le ventre de cette femme enceinte de huit mois lui avait paru indispensable.

Sofia était enceinte, elle aussi, de six mois. Elle avait le coffre rempli de sacs de courses et le seul moyen de passer le plus rapidement possible de la voiture à l'ascenseur était de ranger sa Smart dans le parking. Alors elle se dévissa le cou en direction de la lunette arrière pour vérifier que personne ne se glisse sous la porte du garage. Cela fait, elle redémarra jusqu'à son box. Elle gardait toujours une main au-dessus du klaxon, au cas où quelqu'un surgirait de quelque part, et restait alerte, scrutant de droite et de gauche le moindre mouvement, traquant l'ombre la plus insignifiante. Lorsqu'elle pénétra dans son box, elle en aveugla tous les recoins de ses feux de route pour être bien certaine que personne ne l'attende accroupi quelque part.

Parfois, cela faisait rire Patrick, qui la taquinait en la traitant de paranoïaque. Mais dans le fond, même s'il les trouvait extrêmes, il n'était pas mécontent de savoir que sa femme prenait de telles précautions lorsqu'elle était seule. Sans le lui avouer, elle-même se haïssait, parfois, de se sentir aussi absurdement vulnérable, seule dans les fondations de l'immeuble.

Une fois sortie du véhicule, l'objectif était désormais de rester le moins longtemps possible dans cet endroit où elle se sentait comme une proie. Elle accéléra le mouvement, sortit du coffre ses cabas du Monoprix. Elle calculait chaque geste afin de rendre sa cadence d'une efficacité redoutable, un ballet provoqué par une peur irrationnelle, où les actions s'exécutaient avec grâce et précision. Une fois les sacs posés au sol, elle souffla. Elle y était presque. Elle n'avait plus qu'à verrouiller la voiture et parcourir les douze pas qui la séparaient du sas de l'ascenseur. L'ascenseur, c'était le salut, le cocon qui la ramenait au troisième étage, là où le danger n'existait plus. Elle claqua le coffre avec un air satisfait.

Et toutes les lumières s'éteignirent.

Aussitôt, Sofia se redressa et cessa de respirer. Dans le noir complet, son cœur se mit à battre comme celui d'un animal traqué. Elle paralysa tout mouvement dans un réflexe de survie. Il ne fallait surtout pas qu'elle fasse de bruit. Mais le sang qui lui cognait les tempes et les battements de son cœur, la chaleur que dégageait l'anxiété de ses pores étaient autant de fracas qui pouvaient la faire repérer par un prédateur.

« Réfléchis, réfléchis vite. »

Elle avait imaginé tous les scénarios, à la cave, mais pas celui où elle se retrouvait dans le noir. Dans l'inconscient collectif, un parking est toujours éclairé. Un parking sans lumière, ça n'existe pas. Elle resta figée à la recherche d'une solution rapide et silencieuse. Peut-être était-ce juste un caprice du courant électrique... Ou un acte de malveillance. À cette idée, elle retint un sanglot de nerfs.

Tremblant de tous ses membres, Sofia considéra que la meilleure solution était de saisir son téléphone portable au fond de son sac pour s'éclairer vers la sortie. Elle localisa mentalement son emplacement dans un compartiment du cabas. Il devait se trouver dans la même poche que le porte-clés. Il lui faudrait attraper l'appareil sans toucher à ses clés. Elle plongea lentement, très lentement la main à la verticale dans son sac et sursauta.

Il y eut un bref clignotement blafard et hasardeux. Et la lumière revint dans un petit claquement rassurant.

Sofia respira une grande bouffée d'air, regarda autour d'elle. Personne n'était apparu nulle part. Le sous-sol était désert. Elle étouffa un fou rire nerveux. Elle ne traîna pas. Elle appuya sur la commande de verrouillage de la voiture, ramassa ses sacs et avança d'un pas vif jusqu'à la porte du sas.

Elle avait imaginé tous les scénarios, à la cave. Mais pas celui où, derrière la grille d'aération clouée au-dessus d'elle, trois yeux jaunes la regarderaient s'éloigner.

***

« Pousse-toi microbe, tu fais chier !
- Mais c'est toi qui prends toute la place avec tes jambes !
- Ouais j'ai quinze ans moi, désolée, je suis pas un merdeux de nain comme toi.
- T'es super méchante, je vais le dire à maman, que tu dis des gros mots. Et je vais te dénoncer à papa aussi : tu fumes, je t'ai vu voler dans son paquet de cigarettes ! »

Marie Livandier se redressa dans le canapé, saisit la télécommande, objet du conflit de ces trente dernières minutes. Elle éteignit le téléviseur et se retourna vers son petit frère.

« Tu vas rien dire du tout et tu sais pourquoi ? »

Benjamin ne répondit pas, il croisa les bras dans le geste encore imprécis de ses six ans et détourna le regard, adoptant l'attitude la plus digne dans la mesure du possible. Aussi digne que l'on puisse l'être dans un pyjama à motifs.

« Parce que sinon, le fantôme de la vieille dame va venir te chercher.
- N'importe quoi. Ça existe pas les fantômes. Et puis les monstres et les elfes, tout ça, c'est des mensonges. C'est la maitresse qui l'a dit.
- Ta maitresse, c'est une vieille coche.
- C'est pas vrai ! Et les fantômes non plus, c'est pas vrai.
- C'est pas ce que m'a dit la voisine d'en face. Tout à l'heure, elle m'a raconté qu'il y avait un fantôme dans notre immeuble. »

Benjamin fronça les sourcils et attendit la suite. Sa sœur ne lui mentait qu'à moitié. Elle avait réellement parlé avec la voisine un peu plus tôt dans la journée. Elle avait croisé la dame dans la rue qui peinait à porter ses commissions, la démarche alourdie par la chaleur. Elle lui avait aussitôt proposé son aide et il s'était avéré qu'elle habitait en face de son nouvel immeuble. Cette coïncidence avait rendu intarissable le débit verbal de la retraitée.

Toutefois, Marie arrangea l'histoire à sa sauce pour punir son petit frère de lui pourrir sa soirée. Elle avait été obligée de le garder au lieu de sortir avec ses amis encore en ville. Ils étaient tous allés voir un film d'horreur au cinéma, sans elle.

« Ce que tu ne sais pas, c'est qu'avant qu'on s'installe dans cet appartement, personne n'a habité dans l'immeuble pendant au moins vingt ans.
- Pourquoi ?

- Parce que c'est un immeuble hanté.
- N'importe quoi. »

Benjamin eut un petit frisson et sentit sa vessie se comprimer. Il tenta de n'en rien laisser paraître à Marie qui semblait vouloir le tourmenter à tout prix à cause du programme télévisé.

« C'est pas possible, tenta-t-il de conclure.
- Bien sûr que si. »

Marie prit une lente inspiration qui lui permit de réfléchir à comment broder autour de l'histoire racontée par voisine.

« Avant, il n'y avait qu'une seule personne qui vivait dans cet immeuble. C'était la maison d'un vieux couple très très très riche, des comtes, ou des barons, un truc comme ça. Et puis, le mari est mort, et sa femme est restée très longtemps à vivre ici toute seule. Elle n'avait pas d'enfants, et à part les domestiques qui s'occupaient de sa grande maison, elle recevait très peu de visites. Et puis un jour... »

Marie coupa sa phrase pour ménager un effet de tension. Benjamin ouvrit de grands yeux apeurés, décuplés par les verres épais de ses lunettes, en attendant la suite. Satisfaite, Marie poursuivit :

« Un jour, elle a disparu. »

Elle marqua une nouvelle pause afin de laisser à Benjamin le temps d'assimiler l'information et de réagir. Son petit frère se contenta de la regarder avec méfiance, et eut un très léger mouvement de recul. Marie continua.

« Personne ne l'a plus jamais revue. Elle s'est volatilisée. Mais le plus étrange, c'est qu'elle était ici quand c'est arrivé : dans sa maison. Elle ne sortait jamais sans sa canne parce qu'elle boitait. Et sa canne était bien à sa place dans le hall, et la maison était fermée à clé de l'intérieur, avec tous les verrous et les volets fermés. Et depuis, personne n'avait plus jamais osé habiter cet immeuble. »

C'était sur cette dernière phrase que Marie affabulait. Car si le début du récit correspondait fidèlement aux propos de la vieille voisine, la suite de l'histoire était beaucoup moins sensationnelle, bien plus terre-à-terre. Il y était question de lois, de procédures, de rien qui n'éveille l'intérêt d'un esprit adolescent. Marie n'avait que vaguement écouté la suite du monologue. Elle en avait retenu qu'il y a un délai entre la disparition d'un individu et le moment où la justice décide de le considérer comme décédé. Tout d'abord, les neveux et nièces, héritiers directs, avaient entamé des procédures pour que ce délai raccourcisse, pressés qu'ils étaient de se partager la fortune de leur tante. Cela fait, il y eut des procès, des bagarres pour la succession. Et la somme de ces histoires emmerdantes à souhait mit environ vingt ans à se régler. Si la désertion des lieux avait une raison juridique et rasoir pour la réalité, Marie décida qu'il s'agirait d'une terrifiante histoire de fantômes pour Benjamin.

« Elle était tranquillement chez elle et elle s'est fait enlever par le diable, comme ça ! »

Marie claqua un grand coup dans ses mains et Benjamin sursauta. Il frémit légèrement, détourna le regard et se leva.

« Tu dis n'importe quoi. Moi je m'en vais, t'es trop méchante, j'en ai marre de toi. »

Benjamin s'éloigna mais il n'en menait pas large. Il avait surtout tourné le dos à sa sœur pour qu'elle n'ait pas le plaisir de constater à quel point il était terrifié. Depuis le début, il n'aimait pas cette nouvelle maison. Elle lui faisait peur, elle était vieille, elle craquait de partout, et il y avait parfois de drôles de bruits dans les murs. Il préférait celle d'avant, où tout était neuf, droit, propre et clair.

À voir ce brave petit bonhomme s'en aller dans le couloir affronter seul sa peur en pyjama Mickey, Marie sentit son cœur se tordre dans tous les sens et se maudit de la garce qu'elle pouvait être, parfois. Elle s'en voulait tellement qu'elle sentit des larmes lui piquer les yeux. Elle les ravala aussitôt et rattrapa son petit frère.

« Benjamin. »

Lorsqu'il se retourna, il comprit qu'elle n'était plus fâchée. Elle le souleva et le serra contre elle tandis qu'il fermait les bras autour de son cou.

« C'est des bêtises, tout ça, mon petit Benjamin d'amour. Des gros mensonges de grandes sœurs idiotes. Il n'y a pas de fantômes ici. Ni nulle part. Ça n'existe pas, je te le promets. Et ta maitresse n'est pas une vieille coche. »

Alors que le petit acquiesçait vivement, quelques cheveux de Marie se coincèrent dans la monture de ses lunettes qui les arracha par petits coups secs.

« Aie ! Dis donc regarde ça, tu veux me rendre chauve ou quoi !? »

Un instant, ils se regardèrent en silence, un peu stupéfaits de cet accident capillaire. Juste avant que le couloir ne résonne de leurs éclats de rire.

Cet écho poursuivit son chemin, descendant en cascade à l'intérieur des murs.

***

« Arrête de courir comme ça ! Si une voiture arrive, elle va t'écraser ! »

C'était la première fois que Snoopy descendait à la cave. La découverte du sous-sol représentait une source d'excitation intarissable pour ce Jack Russel de dix mois. La surface en béton était comme un parc d'attraction où chaque box provoquait une euphorie démesurée. Cela faisait trois minutes qu'il décrivait des cercles effrénés de long en large sur la surface du parking, et il ne s'était arrêté pour reprendre son souffle que le temps de pisser contre la porte du sas. George passa la tête à l'angle du couloir des caves pour s'assurer que Snoopy ne s'aventurait pas trop loin.

« Bon allez, viens ici maintenant, ça suffit ! »

George siffla et frappa deux fois dans ses mains mais le chien continua de courir comme un possédé.

« Snoopy ! »

Heureusement, il n'y avait personne d'autre qu'eux ici en cet instant, car George avait horreur de devoir rappeler son chien en public. Un grand garçon de trente-cinq ans baraqué comme lui criant « Snoopy » et dont on voyait un tout petit chien le rejoindre mettait sérieusement sa virilité à l'épreuve.

« Comment tu veux retrouver une nana avec ça ! », s'était esclaffée sa sœur quelques jours plus tôt en assistant au même genre de spectacle. Il avait ri, lui aussi, et attrapé son chien pour l'embrasser une demi-douzaine de fois.

George n'avait pas choisi le prénom du chien. Il n'avait pas non plus choisi le chien. Il n'avait en fait jamais voulu d'animal, mais Emily le lui avait imposé. Pour sauver leur relation devenue difficile, George avait pris sur lui et accepté l'arrivée d'un chiot dans leur appartement. Un mois plus tard, Emily avait plaqué George pour un autre type qui avait les chiens en horreur. Elle avait arbitrairement décidé que George garderait Snoopy mais qu'il pouvait tout aussi bien le donner à un refuge, s'il le souhaitait, qu'elle s'en fichait.

George n'avait pas même pensé à l'idée de l'abandon, c'était tout simplement hors de question. Il avait décidé de faire avec. Les premières semaines, il s'était occupé du chiot en automate, le nourrissant et le sortant les yeux rougis par la rupture. Ce chien joyeux et agité détenait toute l'énergie dont ses six dernières années avec Emily avaient vidé George. Et il avait désespérément eu besoin de cette énergie par procuration. Snoopy, c'était sa vitamine, ses fous rires nerveux, sa consolation, son copilote de déménagement, son antidote contre la tristesse et la solitude. Il s'était passé peu de temps avant qu'il ne se rende compte qu'il adorait ce chien et ne pouvait désormais plus s'en passer.

Contre toute attente, Snoopy s'arrêta, une oreille redressée, et accepta finalement de trotter jusqu'à son maitre pour repartir aussitôt vers la porte du garage qui venait de s'ouvrir. Il revint triomphant, en sautant tout autour des jambes de la concierge qui charriait les poubelles vides. En surpoids, aussi essoufflée que revêche dans sa robe à fleurs, elle répondit à peine au bonjour enjoué de George et fit rouler les poubelles jusqu'au local dont elle claqua la porte sans ménagement.

« Au fait, Madame, dit George poliment, je crains qu'il y ait une fuite, ici, vous voyez ? Je ne m'y connais pas, mais un tuyau est peut-être percé. »

Il pointa du doigt la petite flaque dans le couloir des caves. Une flaque plate et silencieuse de la taille d'un journal déplié.

« La fuite n'a pas l'air constante, mais bon... ça fuit quoi. »

La concierge jeta un œil méprisant sur l'inondation, puis sur George.

« Mon petit Monsieur, je voudrais bien faire quelque chose pour vous, mais je m'occupe déjà de quatre immeubles dans cette impasse, et un autre sur le boulevard, là où il y a ma loge, vous savez, celle où je gère le courrier et les colis d'une cinquantaine d'appartements ? Alors concernant cet immeuble-ci, je veux bien dépanner pour les ordures et le ménage des parties communes, mais pour le reste, vous voyez avec le syndic. J'ai assez de travail comme ça. Bonne journée.
- Je vois, fit-il, gêné. Bonne journée Madame. »

Tandis qu'elle s'éloignait, George l'entendit parler toute seule.

« Et puis quoi encore ! »

De trop bonne nature pour s'énerver, George en revint à la raison de sa descente à la cave et glissa la clé qui grinça dans la serrure de son box. Il en inspecta l'intérieur à la lueur d'une lampe de poche. En dépit de la poussière et d'une odeur d'humidité, la petite pièce semblait propre. Il commença donc à y traîner les cartons et les malles contenant les affaires dont il n'avait pas besoin. Ses équipements de sports d'hiver, le synthétiseur dont il ne jouait plus, la vaisselle moche de son arrière-tante et quelques caisses de souvenirs étanches. Tandis qu'il s'affairait et mettait ses reins à l'épreuve, Snoopy s'agita dans le couloir avec plus d'ardeur que d'habitude.

« Qu'est-ce que tu fabriques ? T'as pas l'air malin mon gars. Là ça passe parce qu'on est tous les deux, mais va pas nous faire ça en public. »

Snoopy décrivait des cercles nerveux, comme s'il cherchait à se mordre la queue. George l'ignora et poursuivit son rangement. Son chien pouvait bien s'occuper cinq minutes en tournant sur lui-même du moment qu'il pouvait l'avoir à l'œil.

Alors que George achevait de pousser le dernier carton particulièrement lourd au fond du box, Snoopy hurla. Le cœur de George fit un bond. Jamais son Jack Russel n'avait poussé un tel rugissement. L'écho propagea la panique et l'affolement du jeune chien dans tout le sous-sol. George se précipita hors de la cave. Se ruant sur place dans la flaque d'eau, Snoopy lançait des aboiements hystériques en direction du plafond.

« Putain mais qu'est-ce qu'il t'arrive !? »

Le chien l'ignora et commença à grogner, montrant ses petites dents pointues au plafond. Jusqu'en cet instant, jamais George n'avait vu son chien montrer les crocs.

« Calme-toi, Snoopy, il n'y a rien, là-haut, c'est un tuyau », fit George d'une voix douce malgré le tourment provoqué par cette attitude inédite.

En réponse, le chien aboya de nouveau et effectua un bond d'une hauteur prodigieuse pour sa petite taille. Exaspéré, son maitre le laissa recommencer tandis qu'il verrouillait la porte de la cave.

Lorsqu'il revint vers lui, Snoopy était hystérique, les yeux injectés de sang, aboyant à se brûler la gorge. Prudemment, avec tout la délicatesse possible, George attrapa le petit corps nerveux de son chien et s'éloigna en vitesse. Le chien se laissa faire et gémit en tremblant.

« Allez c'est fini, on remonte. Tu nous casses les oreilles. »

Impuissant, Snoopy se laissa transporter sans cesser de grogner, comme pour lui-même. Il ne concevait pas que son maitre n'ait pas vu cette créature sortir du tuyau pour aussitôt s'y glisser à nouveau.

***

Le jour était tombé, sur l'impasse. Une nuit claire où la pollution masquait encore partiellement les étoiles. Un soir calme de grandes vacances où tout semble bien plus paisible que d'ordinaire.

Paisiblement, elle aussi, une chose rampait le long des murs du numéro 7.

***

Sofia acheva de se débarrasser de ses vêtements. Elle les laissa choir sur les dalles de marbre rose avant d'entrer dans la vieille baignoire et de se laisser glisser dans l'eau tiède.

La journée avait été brûlante et Sofia avait attendu ce moment avec impatience depuis midi. Elle n'avait cessé de courir pour achever les préparatifs de leurs vacances en Italie. Elle souhaitait que tout soit réglé au millimètre lorsque Patrick rentrerait de son voyage d'affaires le lendemain soir. Encore tendue, les mains crispées au rebord de la baignoire, elle fit un dernier inventaire mental de ce qu'elle avait déjà fait, et de ce qu'il lui faudrait terminer avant le retour de son mari. Elle réfléchissait en fixant la large tache de rouille brunâtre incrustée qui s'étalait de sous le robinet jusqu'à la bonde.

À cette vision, elle changea son sujet de réflexion et se concentra sur un tout autre projet : dès septembre, il faudrait entamer des travaux dans ce nouvel appartement. Cela devait faire bien longtemps que l'électricité et la plomberie de cet immeuble n'étaient plus aux normes. Elle commencerait par la salle de bain.

Elle décida qu'elle ferait rénover les équipement sanitaires sans les remplacer car elle aimait cet aspect vieillot qui donnait du cachet à la pièce. Elle ferait poser un double vitrage fumé à l'étroite fenêtre pour se couper des bruits de cour. Elle comptait garder le marbre, aussi. La couleur saumon de la pierre l'avait un peu écoeurée au début, mais elle s'y était habituée et mettait à présent ces nausées sur le compte de sa grossesse.

« Il faudra changer le papier peint » pensa-t-elle tout haut dans un écho d'humidité.

Le vieux papier à motifs de fleurs rose et lavande, taché de plusieurs décennies, gondolait par endroits et s'enroulait sur lui-même aux extrémités.

Sofia ferait repeindre la pièce en blanc cassé. Cela décidé, elle se détendit. Elle se laissa bercer par le clapotis régulier de la goutte qui s'échappait du robinet. Et, doucement, elle s'assoupit.

***

« Tu vois, l'avantage des pizzas, c'est qu'on a pas à faire la vaisselle après. »

George conclut sa démonstration en enfonçant le grand carton plat dans la poubelle en inox. Snoopy n'en perdait pas une miette. Il avait déjà hérité des croûtes sèches et dures de la quatre fromages et espérait de tout son cœur que son maitre ressorte le carton de la poubelle avec une nouvelle pizza dedans, comme par magie. Il savait d'expérience qu'il y avait souvent des choses fort intéressantes dans ce cylindre en métal.

George ne le savait que trop bien. Il venait d'acheter cette nouvelle poubelle dont le sommet restait hors de portée de son chien, car Snoopy avait pris la fâcheuse habitude d'éventrer l'ancienne avant d'en répandre le contenu aux quatre coins de l'appartement.

George observa son chien coller son museau sur la paroi de l'objet dont le reflet le déformait.

« Elle est vraiment bien, cette poubelle », se félicita-t-il tout haut en plaquant les mains sur ses hanches.

Ce faisant, il nota qu'outre le fait qu'il commençait à avoir des centres de satisfaction préoccupants et qu'il serait temps de mettre un terme à son célibat, il venait d'imprimer des traces du gras de la pizza sur son polo.

« Quel abruti... »

Il alla jusqu'à l'évier et tourna le robinet. L'eau mettait toujours un certain temps à couler de la vieille tuyauterie. Il attendit donc, confiant, plaçant les mains sous la vanne. Ce faisant, il entendit un grondement anormal, le robinet se mit à trembler légèrement, comme si quelque chose faisait barrage à la pression de l'eau. George eut un geste instinctif de recul et Snoopy se mit à grogner. Une sorte de bulle se formait au bord de l'arrivée d'eau. Mais une bulle étrange, comme s'il se fût agi d'autre chose que de l'eau. Une bulle gélatineuse et... *malléable*.

La bulle s'éjecta dans le bac avec un bruit mat et le robinet finit par éructer d'épais crachats d'eau trouble. George n'eut pas le temps de voir ce que c'était. Inquiet, il tendit la main pour refermer, mais ce fut trop tard. La pression céda. Une pression terrible qu'une telle installation de plomberie n'était pas sensée permettre. Un flux d'eau boueuse cogna le bac de l'évier avant d'asperger le visage de George. Snoopy aboya.

Aveuglé par le liquide nauséabond, George s'essuya les yeux. Et la pression augmenta. Un torrent de liquide épais qui giclait à présent partout sur les murs, au plafond et sur George. Effrayé, Snoopy s'enfuit de la cuisine.

« Qu'est-ce que c'est que toute cette merde !? »

Une épaisse substance verdâtre chargée de caillots non identifiables jaillissait de l'évier en continu. Il fallait couper l'eau. George faillit glisser sur le carrelage recouvert de liquide poisseux. Il parvint à se maintenir en équilibre et attrapa le robinet à deux mains. Ses doigts dérapaient sur l'acier souillé, il dut serrer de toutes ses forces pour revisser le système, et finit par y parvenir.

Essoufflé et sonné, il constata le carnage qui venait d'avoir lieu dans la pièce, puis se retourna vers le robinet tari. De l'arrivée d'eau, quelque chose dépassait. C'était comme des fils. Ahuri, George tira doucement dessus et retint un haut-le-cœur tant la chose était poisseuse. Il la tira encore d'une vingtaine de centimètres. Des cheveux. C'était une longue, très longue poignée de cheveux engluée dans l'eau sale. George acheva d'extraire la mèche gluante du tuyau. Des cheveux lui restèrent collés sur les doigts. Il avait tenu bon, jusque-là, il avait gardé son sang-froid malgré l'absurdité de ce qu'il venait de se passer.

Il se pencha au-dessus de l'évier pour examiner la bulle qui avait obstrué le conduit avant la catastrophe. Elle gisait dans le bac. Elle était restée compacte, solide. Du bout de l'index, avec méfiance et précaution, George tenta de la faire bouger pour savoir de quoi il s'agissait. À peine l'eut-il effleurée que chose roula à toute vitesse et disparu dans la bonde. Il avait eu le temps de l'identifier.

C'était un œil.

Il avait tenu bon, jusque-là. Il se mit ainsi à vomir tout ce qu'il pouvait.

***

Benjamin tentait en vain de se rendormir. Sa vessie lui hurlait de se rendre aux toilettes, mais il restait obstinément dans son lit. Il avait peur de la nuit, et peur de se lever dans le noir. Parce qu'il avait peur de cet appartement. Il garda les yeux ouverts pour s'habituer à la pénombre en serrant contre lui son gros tigre en peluche.

Il réfléchit, pesant le pour et le contre. S'il se levait, il allait d'abord devoir tâtonner dans le noir à la recherche de l'interrupteur qu'il ne trouvait jamais du premier coup. Et il devrait traverser seul le couloir. Il pensait encore à cette histoire de fantôme que Marie lui avait racontée pour l'effrayer. Bien qu'elle eût vite démenti ce récit, il ne pouvait s'empêcher d'imaginer une vieille dame translucide le couvant d'un regard malveillant lorsqu'il dormait la nuit.

Mais s'il se refusait à aller uriner, il risquait de souiller ses draps et devrait se résigner à dormir dans sa pisse. Il savait d'expérience que ça piquait les jambes, que ça finissait pas donner froid et que ce n'était franchement pas agréable. D'autant que le lendemain, sa mère le traiterait de bébé. Son père ne dirait pas un mot sur cet évènement mais ne serait sans doute pas fier de lui. Et sa grande sœur ne manquerait pas de garder cette anecdote au chaud pour se moquer de lui la prochaine fois qu'ils se chamailleraient. Il avait sa dignité d'homme de six ans à préserver, et il y tenait.

Il pensa à son père, qu'il admirait par-dessus tout. Après quelques instants d'intenses spéculations, il conclut que non, son père ne faisait sans doute jamais pipi au lit, que pour commencer à lui ressembler, il allait falloir que lui aussi, agisse comme un grand et affronte ses peurs pour aller aux toilettes quand il en avait envie.

Il se redressa et écarta les draps la mort dans l'âme. Il détecta le sol de la pointe de ses pieds avant de se hisser hors du lit. Puis il avança vers le mur, un bras tendu, paume à plat, à la recherche du bouton. Il caressa la cloison, s'impatienta, sentit un spasme furieux dans sa vessie et se mit à chercher l'interrupteur avec des gestes aussi saccadés qu'affolés. Après de nombreux à-coups approximatifs, l'ampoule du plafond finit par illuminer la chambre. Rassuré, Benjamin resta immobile un instant. Il balaya la pièce des yeux afin d'y déceler une quelconque menace irrationnelle. Il eut tôt fait de constater qu'il n'y avait ni monstres, ni fantômes, ni rien qui se serait dissimulé sous le lit. La pièce était calme, et le radio-réveil Pokémon affichait 2:04. Une nouvelle brûlure dans son ventre le rappela à l'ordre, et il ouvrit la porte.

Il traversa le couloir sur la pointe des pieds. Ce n'étaient pas ses parents, qu'il craignait de réveiller. Au contraire, voir son père ou sa mère faire irruption hirsutes dans le couloir l'aurait largement rassuré, et il se rendrait ainsi aux cabinets à grandes enjambées décomplexées. Ce n'était donc pas pour eux qu'il prenait ces précautions. Il évoluait en silence pour ne pas réveiller les monstres.

« Mais ça n'existe pas. Ça n'existe pas... » se murmurait-il à chaque pas.

Il ouvrit la porte des toilettes qui grinça comme un rire de sorcière et referma la porte derrière lui. Il avait toujours trouvé cette pièce étrange, illogique. Le siège trônait tout au fond d'un étroit rectangle. Il fallait bien avancer de cinq ou six pas pour l'atteindre une fois la porte fermée. « C'est dommage, cet espace perdu », avait-il entendu chuchoter sa mère lors de leur seconde visite de ce nouvel appartement. « C'est un vieil immeuble, Vanessa », avait répondu son père. « Les vieux immeubles ont leurs raisons que nous ne connaissons plus », avait-il ajouté. Benjamin avait retenu cette phrase par cœur. Bien qu'il ne l'eût jamais comprise, elle tournait souvent en boucle dans sa tête, et le traversait à chaque fois qu'il se rendait au petit coin.

Sur le carrelage froid, il fit un pas vers le cabinet, rendu anormalement lointain en raison de la perspective inhabituelle de la pièce. Il s'arrêta. Il lui semblait entendre comme un bourdonnement. Il attendit pour s'assurer qu'il s'agissait bien du son provenant du vieux système d'aération parfois capricieux. Mais ce bruit-là semblait provenir de la cuvette. Il avança un nouveau pas. Il y avait un léger clapotis, sous le couvercle rabattu.

Et il y eut un autre bruit. Comme si un poisson avait tressauté dans l'eau. Benjamin resta immobile. Le même son, un peu plus intense. Le petit garçon les confondait avec les terribles battements de son cœur. Il n'osait plus bouger. Il y avait quelque chose, dans la cuvette. Quelque chose qui bougeait à l'intérieur. Silence. Puis une nouvelle éclaboussure, plus forte. À ces sons se mêlait désormais un nouvel écho. Un roulement irrégulier. Une respiration.

L'enfant ferma les yeux. Il pria pour être en plein cauchemar. Il allait forcément se réveiller, tout cela ne ressemblait en rien à la réalité. Il aurait voulu pouvoir fermer ses oreilles, pour ne plus entendre ces lentes inspirations maladives. C'était le bruit que faisaient les gens quand ils allaient mourir dans les films de cow-boys que regardait son père. Des inhalations d'agonie dont l'émetteur semblait pourtant se tenir bien loin de la mort.

Dans un couinement aigu, Benjamin entendit le couvercle se soulever et retomber aussitôt. Il ouvrit grand les yeux et sentit se mouiller son pantalon de pyjama. Le couvercle était fermé.

Épuisé par la peur, honteux d'avoir souillé ses vêtements si près du but, le petit garçon laissa échapper un sanglot silencieux. Et le couvercle s'ouvrit en grand dans un fracas assourdissant.

Benjamin hurla.

***

Vanessa Livandier dormait avec des boules Quies. Une habitude due aux ronflements presque inhumains de son mari. Et ce dernier avait le sommeil lourd. Ce fut donc Marie qui se réveilla au cri de son frère.

Elle ouvrit d'abord les yeux, étonnée. Avait-elle rêvé ? Elle aurait juré avoir entendu un hurlement, mais il était possible qu'il provienne de ce rêve dont elle ne se souvenait déjà plus. Encore à moitié endormie, elle songea que dans le doute, elle ferait mieux d'aller voir. Elle savait qu'il arrivait à son petit frère de faire des cauchemars. Elle sortit à regret de son lit et traîna des pieds en direction de la chambre de Benjamin.

***

George s'essuya le front dans le creux du coude. Il avait presque fini de nettoyer la cuisine. Il avait dû éponger les murs poisseux. Après cela, il les avait enduits d'eau de Javel, pour les désinfecter et se débarrasser de l'odeur putride dont la pièce avait été aspergée. Durant tout ce temps, Snoopy l'avait regardé faire, assis sur le seuil de la pièce. Tout ce temps, presque en continu, il avait grogné doucement, sans faire de zèle, comme pour lui-même.

Son maitre jeta la dernière éponge sale dans la poubelle.

***

Il était deux heures onze du matin. À cette heure-ci, hormis quelques cheveux humides restés collés à l'émail, il ne restait plus rien de Sofia dans la baignoire.

***

Marie poussa la porte de la chambre de son petit frère. Le lit était vide et défait.
« Merde, il est où ? »
Elle avança au hasard dans l'appartement et partit inspecter la cuisine, s'attendant à surprendre Benjamin en pleine fringale nocturne de Nutella. Mais il n'y était pas. Elle passa la tête dans le salon puis regagna le couloir. Elle jeta un œil dans la salle de bain déserte où une goutte s'échappait continuellement du bidet depuis qu'elle l'avait fait couler quelques jours plus tôt.

Elle s'arrêta finalement devant la porte des toilettes.

« Benji, t'es là ? »

Pas de réponse. Et aucun bruit.

***

Trois étages plus bas, George nouait la ficelle du sac poubelle. Après avoir été grondé pour ses grognements incessants, Snoopy avait été puni et sommé de rester dans son panier dans l'entrée. Dans les faits, car sachant son maitre trop occupé pour s'en apercevoir, il était allé s'installer sur son lit.

« Snoopy viens ici ! »

Le Jack Russel accourut et s'arrêta sur le seuil de la cuisine. Il considéra le sac poubelle d'un œil méfiant. Il grogna et laissa échapper un petit aboiement strident.

« Tais-toi ! Tu vas réveiller les voisins ! Allez viens, on va jeter ça en bas. »

Il souleva le sac et sortit sur le palier avec Snoopy sur les talons.

En attendant l'ascenseur, George, fatigué, laissa son chien continuer à grogner sans protester.

***

Marie ouvrit la porte. Son frère était là, mais dans une posture si inhabituelle qu'elle étouffa un cri de surprise. Elle laissa quelques secondes son esprit analyser la situation avant de sentir ses genoux trembler, et de se laisser vaincre par l'effroi.

Benjamin n'était pas sur les toilettes, mais *dans* les toilettes. Il semblait s'y être plongé la tête la première. De son frère, Marie ne voyait que deux jambes immobiles en pantalon de pyjama, tendues à la verticale, les pieds vers le plafond. Le reste du corps de Benjamin immergé à l'intérieur de la cuvette.

Marie secoua la tête. Ce ne pouvait pas être possible. Il n'y avait pas de place dans la cuvette pour le reste du corps de son frère, c'était une blague stupide. Mais si blague il y avait, elle était d'un mauvais goût glaçant, d'un macabre épouvantable. Et certainement pas le genre de farces faisant partie du répertoire de Benjamin.

« Benjamin qu'est-ce que tu fous ?! » tenta-t-elle d'une voix qui se voulait ferme mais qui mourut dans sa gorge.

Elle s'approcha de trois vives enjambées et saisit les jambes entre ses bras par les genoux. Les membres étaient rigides et lourds comme du bois. Marie sentit la panique la gagner. Son frère avait sans doute commencé à se noyer.
« Ben !! Ben !!! » cria-t-elle en tirant sur les jambes pour hisser Benjamin hors des toilettes.

Elle sentit qu'elle avait la prise, qu'elle parvenait à extraire son frère de la cuvette et l'adrénaline due à la panique le rendait incroyablement léger. Lorsque le corps céda, sous l'effort, Marie entendit le bruit de la chasse d'eau et tomba sur le carrelage avec lui. Le crâne de la jeune fille heurta le sol. Elle ignora le choc et la douleur et se redressa à la hâte pour voir dans quel état était son frère.
Elle écarquilla les yeux. Elle hurla de toutes ses forces. La pièce étroite en fit un écho monstrueux.

Etalée sur le sol des cabinets, Marie étreignait les jambes de son frère. Mais les jambes uniquement. Car à partir du bassin, il n'y avait plus rien.

***

L'ascenseur s'arrêta au sous-sol. George rabattit le grillage de fer branlant et fit sortir le chien avant lui.

« C'est ce qu'on appelle une soirée de merde. Et des vacances de merde... Et *une vie* de merde », pensa-t-il de mauvaise humeur tandis que Snoopy s'engageait sur le parking avec une prudence excessive.

George se dirigea vers le local poubelle en laissant son chien aller et venir à sa guise, il n'en avait après tout que pour une poignée de secondes, de jeter son sac d'ordures. Tout ce qu'il souhaitait, c'était de s'en débarrasser. Ça puait comme la mort, il ne pouvait pas dormir avec l'idée de garder ça dans son appartement.

Il marcha dans la flaque d'eau, éclaboussant les revers de son jean. La fuite était toujours là, la plomberie n'avait pas encore été réparée. Il atteignit le local, et alla balancer la poubelle dans une benne au hasard. Il s'épousseta les mains et referma la porte en fer.

« Snoopy ? » appela-t-il machinalement.

Il n'y eut nul bruit de pattes trottant sur le béton.

« Snoopy ? » tenta-t-il de nouveau.

Il n'entendit que son écho.

Il surprit un mouvement anormal, à un endroit où tout mouvement se révélait incohérent. Il leva les yeux au plafond.

Le chien était là-haut, aux trois quarts immergé dans la crevure de la canalisation. Seule sa tête dépassait sans qu'il ne se débatte. Il avait les yeux grands ouverts, avec le regard inanimé d'un animal empaillé et, doucement, se laissait aspirer à l'intérieur du conduit.

« Snoopy !! », hurla George.

Il élançait ses mains vers le tuyau au moment où son chien fut définitivement avalé dans l'obscurité.

George devint fou. Il ne pensait pas à comment son chien avait pu se retrouver au plafond ni à ce qui l'avait aspiré dans le conduit, il était enragé de l'avoir vu disparaître sous ses yeux sans avoir pu agir. Alors il s'agrippa à la canalisation. Il mit toutes ses forces à essayer de rompre le conduit, s'y accrochant à la force des bras en appelant son chien dans le vide à s'arracher la voix. Il fit vibrer la canalisation sans parvenir à la faire céder. Impuissant, il se mit à la frapper du plat de la main, d'un geste brutal, aussi désespéré que vain. Il ressentit une vive douleur au bras droit, un muscle froissé dans ses efforts hystériques pour casser le tuyau.

Il s'adossa au mur. Son chien venait de mourir sous ses yeux. Quelque chose, dans les murs, le lui avait enlevé sans qu'il n'ait pu rien faire. Il se mit à pleurer.

***

Monsieur et Madame Livandier s'éjectèrent hors du lit, paniqués par les hurlements de leur fille. En la trouvant dans les toilettes, ils joignirent leurs cris aux siens. Vanessa s'évanouit. Son mari, lui, continua à crier, espérant ainsi se réveiller.

***

Dans sa chambre d'hôtel à Strasbourg, Patrick se réveilla en nage dans un sursaut. Il venait de faire un mauvais rêve à propos de sa femme. Il hésita à lui téléphoner. Mais il était deux heures passées, Sofia devait probablement dormir. La sonnerie du téléphone à cette heure-ci risquerait sans doute de l'effrayer et une telle émotion ne serait pas judicieuse pour une femme enceinte.

Aussi, il se rassura bien vite. Ce n'était, finalement, qu'une peur irrationnelle, un mauvais tour de son inconscient. Il la retrouverait demain et tout irait bien.

Il changea de position dans le lit et s'endormit, souriant et loin, très loin de se douter de ce qu'il allait trouver en rentrant.

***

Effondré sur la surface de béton irrégulière, à genoux dans la flaque tiède, George pleurait toutes les larmes de son corps. On lui avait enlevé son chien, sa joie de vivre, son petit pote, sa terreur adorée, le seul être capable de le faire sourire au moins une fois par jour. Alors il sanglotait éperdument, sans retenue, en gros hoquets mortifiés. Sa gorge le brûlait. La douleur le clouait au sol, un désespoir si violent que l'idée l'effleura qu'il allait mourir de chagrin au sous-sol, qu'il ne pourrait jamais plus se relever.

Il ne prêta aucune attention aux néons qui se mirent à clignoter faiblement, plongeant par intermittence le sous-sol dans l'obscurité.

Doucement, presque avec grâce, une chose immense se glissa hors du conduit. Elle mit un certain temps à s'en extraire en entier sans faire de bruit. Interloqué par la sensation d'une présence à côté de lui, George cessa soudain de pleurer et tourna la tête. Il eut le temps de la voir. Il en vit la forme, la substance et la couleur. Il vit la difformité, l'horreur de la créature rampante qui sortait de la canalisation.

Malgré sa stupeur, il parvint à articuler quelques mots.

C'est toi qui as tué mon chien, fils de pute ?

Il l'avait vu, il se tenait à côté de lui. En cet instant d'effroi incrédule, les yeux exorbités par la terreur, nul doute que chaque contour de cet être effrayant s'imprimait dans sa mémoire. Il était le premier homme à la voir. Il aurait pu en témoigner, avertir qui il devait, voisins, concierge, le raconter à sa sœur, au risque de passer pour un illuminé aux yeux du monde. Il aurait pu, seulement. Car la chose s'abattit sur lui.

À son tour, il disparut.

-FIN-

NOTES

Voici en quelques mots, pour les lecteurs les plus curieux, les sources d'inspiration qui ont permis à ces histoires d'exister.

ÉCARLATES

J'ai par trois fois tenté de rédiger une synthèse pour expliquer la « fabrication » de cette nouvelle. Mais à chaque fois, elle faisait plus de deux pages, je n'arrivais plus à m'arrêter. Le but n'étant pas d'écrire un livre dans le livre, je ferai donc exceptionnellement l'impasse sur la notice explicative de cette histoire.

ITINÉRAIRE BIS

Itinéraire Bis a été la première nouvelle rédigée de ce recueil. Je comptais me remettre à écrire après de longues vacances suite à la sortie de *Train Fantôme* car je n'avais plus d'idées éligibles. Jusqu'à ce soir d'été où ma mère et moi nous sommes perdues à la périphérie d'une ville à cause d'un tunnel fermé qu'il a fallu contourner. L'histoire est née lorsque nous avons finalement retrouvé l'autoroute.

DÉMONSTRATION

Un vendredi d'une fin juillet, je me trouvais seule dans un bureau toute une journée sans y avoir rien à faire. Il y a eu ce moment où j'ai commencé à déplacer distraitement les trombones, les post-it... J'ai alors progressivement imaginé un personnage dont la solitude et l'ennui seraient tels qu'ils le pousseraient à se construire un allié en matériel de bureau afin de rendre sa vie plus supportable.

LE CHANT DES BALEINES

Cette histoire est celle qui m'a donné le plus de fil à retordre, à tel point que j'ai plusieurs fois été tentée de l'abandonner. L'idée a germé en regardant un jeune acteur s'exprimer dans une émission de variété. J'ai aussitôt repensé à une interview de lui que j'avais lue peu de temps avant, où il se désolait de ne pas pouvoir se lancer dans une relation sérieuse à cause de son statut d'idole de minettes. Je l'ai alors imaginé apparaître avec une fille tout à fait passe-partout qui n'aurait absolument rien à voir avec lui. Quant à lui, on le transformerait en chanteur, car les artistes qui évoluent dans la musique sont plus énigmatiques, plus facilement porteurs de secrets, donc. Ensuite, il fallait un enjeu. Alors s'est formulée précisément cette phrase bizarre « et si j'ajoutais du poisson ? ». À cause de *Dagon*, un genre de série B, adaptation cinématographique d'une nouvelle de Lovecraft qui me hante depuis plusieurs années, car j'ai une fascination pour l'imaginaire en rapport aux monstres marins. C'est en passant le tout au mixeur que *Le chant des baleines* a vu le jour.

LA FUITE

Pour rendre service à mon frère, j'ai dû passer tout un après-midi de janvier avec un technicien qui installait la fibre optique chez lui. J'ai maudit mon frère toute la journée pour cette perte de temps. Jusqu'à ce que je doive accompagner le technicien à la cave afin qu'il branche un fil sur un boîtier. Tandis qu'il s'affairait avec les câbles, j'ai levé les yeux. Ce sous-sol, j'y passe depuis vingt-cinq ans, mais je n'avais jamais vraiment eu l'occasion de m'y attarder assez pour regarder au plafond. Il y avait un gros tuyau qui semblait percé d'un trou. J'ai pensé « Tiens, c'est bizarre, il est crevé ? Et s'il y avait un truc, là-dedans ? Un animal, par exemple, ou bien carrément un monstre qui vivrait dans les canalisations. » Ça a duré dix secondes. J'ai mentalement remercié mon frère de m'avoir fait perdre trois heures, car je suis repartie avec cette histoire.

REMERCIEMENTS

Merci à Antoine pour avoir corrigé le texte.

Merci à ma famille à qui je dois tout.

Merci à mes amis d'être toujours là et de m'accorder le luxe de souvent disparaître sans jamais m'en vouloir. Je les aime bien plus qu'ils ne se l'imaginent.

Merci à mes lecteurs les plus fidèles en France, Belgique et Suisse, qui ont eu le courage de me suivre dans l'horreur depuis la sortie de *Train Fantôme* et qui, je le sais, ne liront pas *Écarlates* parce que ça fait peur, mais parce que j'en suis l'auteur.

Enfin, merci aux nouveaux lecteurs d'avoir eu la curiosité de lire ce recueil.

Aimablement,

Charline Quarré

DU MÊME AUTEUR

ROMANS

A Contre-Jour, 2011
Pas ce Soir, 2012 (Nommé au Prix Littéraire François Sagan 2013)

RECUEILS DE NOUVELLES D'EPOUVANTE

Train Fantôme, 2015
Ecarlates, 2016
Made In Hell, 2017
Série B, 2018

ROMANS D'EPOUVANTE

Fille à Papa, 2019
Influx, 2020
Soap, 2021

Site web de l'auteur : www.charlinequarre.com